就业季

张小泱 著

陕西新华出版传媒集团
太白文艺出版社

图书在版编目（CIP）数据

就业季 / 张小泱著. — 西安：太白文艺出版社，2016.8（2023.2重印）
（人生四季）
ISBN 978-7-5513-0946-2

Ⅰ. ①就… Ⅱ. ①张… Ⅲ. ①纪实文学—中国—当代 Ⅳ. ①I25

中国版本图书馆CIP数据核字（2016）第071096号

就业季
JIUYE JI

作　者	张小泱
责任编辑	杨　匡
整体设计	小　花　泽　海
出版发行	陕西新华出版传媒集团 太 白 文 艺 出 版 社
经　销	新华书店
印　刷	三河市嵩川印刷有限公司
开　本	787mm×1092mm　1/16
字　数	175千字
印　张	12.25
版　次	2016年8月第1版
印　次	2023年2月第2次印刷
书　号	ISBN 978-7-5513-0946-2
定　价	38.00元

版权所有　翻印必究
如有印装质量问题，可寄出版社印制部调换
联系电话：029-81206800
出版社地址：西安市曲江新区登高路1388号（邮编：710061）
营销中心电话：029-87277748

一代人的辉煌、平凡与沉沦

毫无疑问，如今的你我

正处在第三次科技革命的风口浪尖之上

目 录

引言　最好的时代，最坏的时代　1

　　中国的 80 后，是曾在世界范围内引起关注的一代人。

　　他们的前半部分人生似乎太"招摇"，也太"放肆"，于是，他们也成为社会主流媒体所讥讽的"垮掉的一代"。

第一章　不能承受之重　3

　　第二天，梁博辞职了。说是辞职，其实是不辞而别。因为他在那家饭店上班不到一个月，他凭直觉猜测那位说话并不痛快的饭店经理不会给他结算这二十几天的工资，于是他选择了自认为的"有尊严的离开方式"。

第二章　靠"手艺"吃饭的人　28

　　"程序猿"这个词婷婷是不陌生的，它主要是指程序编写员或程序设计员，婷婷经常能在网上各大论坛看到网友们对这个群体的调侃，意识中，这是一个晨昏颠倒、日夜不分的工作族群。她曾看到过一张关于"程序猿"的图片：几个男人形容憔悴，目光呆滞，黑眼圈尤为明显，既好笑又让人心酸。

　　很快，她就真正体会到了这个行业的苦楚，真正理解了前辈设计师所说的话。

第三章　互联网时代的新出路　50

　　没想到淘宝店铺的生意越做越顺，一个人根本忙不过来。小静毕业后在他的劝说下也没有找工作，而是和他一起打理店铺。

　　那段时间是他们过得最开心，也是生意最好的时光。

1

一切是那么美满，那时的他们还从没好好想过"以后"会怎样，因为没时间，也懒得去浪费时间想将来会怎样。身体的疲累被偶尔的放松唬住，反而越累越兴奋，越觉得前途一片光明。

这种"兴奋"到达极致是伴随着张杰父母的到来。

第四章 一、二、三，木头人！ 67

身边的人都发现小泽变了，他经常好几天不说一句话，不再关心自己的发型，甚至脸也不洗，嘴边的青色胡楂仿佛在宣告着：这个人已历经沧桑，无力再次把头抬起。

第五章 心态决定成败 86

二手房东将大房间隔成小房间，一列列一排排地立在那里。虽然小林知道这样改造而成的小隔间存在安全隐患也是政府所不允许的，但他仍旧为自己找到这样一个住所而开心，毕竟他不用像流浪汉一样露宿街头，这是他迈向成功的第一步。

第六章 工资 105

财务人员坚持说："老板没有发话，我是不可能给你薪水的。你找老板问吧，反正我是没收到给你发钱的通知。"

但老陈敢坚持讨要自己的薪水，后面的发展应该并不差才对。

没想到另一个更严重的问题接踵而来。

第七章 "我是苦哈哈的公务员！" 128

最后，我问了老范一个相当俗套却又很现实的问题："你对将来有何打算？"

老范想了想，然后颇为无奈地摇摇头，说："没啥打算——还能有什么打算？只能走一步说一步呗！"停顿了一下，又说："可是，既然是做公务员，那么唯一的途径就是向上走，升迁才是唯一的出路！可是升迁哪有那么简单呢！刚才我说了，那些官二代们有父母的荫庇，很容易就能从基层调往县市工作，而且我估计他们的将来也未必会比他们父母的级别低……可是我不能，没有背景，升迁无望，又不能辞职，只能在这里，一点儿办法也没有，只能是——"老范想不起该说什么，一时语塞。

第八章　多样人生　142

辞职后的陆东立刻马不停蹄开始寻找新的工作。

那时，陆东唯一的目的就是挣钱，他不想让日渐苍老的父亲在工地上干又苦又累的活计，他不想让母亲因为没钱看病而遭受病痛的折磨。

第九章　蚁族：我们弱小，但我们坚强！　165

临时搭建的地下室集体宿舍，简直触目惊心。

但即便如此，这种条件的住房仍然供不应求。

第十章　科技革命与新时代　183

毫无疑问，如今的你我，正处在第三次科技革命的风口浪尖之上。如果再过一百年回顾这段历史，一定是波澜壮阔，恢宏到无以复加的！

在第一次科技革命中，出现了改良蒸汽机；而在第三次科技革命中，则出现了计算机和互联网。

引言

最好的时代，最坏的时代

中国的 80 后，是曾在世界范围内引起关注的一代人。他们大多有一个特殊的身份：独生子女。他们的父母经历了物质贫乏的特殊年代，饱尝艰辛困苦，将他们视为人生的全部，拼命地在他们身上补偿物质享受——他们是衣来伸手、饭来张口的一代，是四体不勤、五谷不分的一代，是舒适地坐在宽敞明亮的教室里编织梦想的一代，是沉浸在"四大天王"、周杰伦和"超女"歌声中的一代……他们的前半部分人生似乎太"招摇"，也太"放肆"，于是，他们也成为社会主流媒体所讥讽的"垮掉的一代"。

英国作家狄更斯的名著《双城记》中有这样一句著名的话：这是最好的时代，这是最坏的时代。

这句话对这一代人而言，再合适不过。

他们经历了中国与世界的接轨，经历了经济和科技的巨大变革，享受着市场经济和科技革命带来的甘美果实，但同时也成为这场变革的牺牲品；已经"奔三"的他们，不得不从"小皇帝"的宝座上走下，承受起超常规的生活重担；他们用掉生命的五分之一来完成教育，却找不到一份可以养家糊口的工作；这群曾经怀揣各种美好梦想的年轻人，已经不敢谈理想，也不再奢望未来；这个有知识、有思想、有精力的群体，却长期处于辗转流离、苟延残喘的尴尬境地……对于一个国家来说，这种现状的存在，不仅是一种浪费，

1

更是一种威胁。

坚忍、刻苦——中国人深植于基因的民族禀赋。这代人的人生刚刚开始就已千疮百孔，虽然没有辉煌，但他们中的大多数人，正在努力拒绝沉沦。即便在最艰苦的岁月，即便遭受了各种不公平的待遇，这代原本不为长辈们所看好的年轻人，也没有放弃对最基本的平凡而健康的生活的追求。他们和流离于街头巷尾的小商贩、辗转于各大都市的农民工一样，奋斗在社会的最底层，为这个社会，为这个时代，更为他们的未来，奉献着自己的汗水与青春。

我们生活在一个特殊的时代——古典中国尚未离我们远去，古老的传统还在继续传承，现代文明的脚步已经影响到每个人的方方面面；是我们创造了时代，而时代又塑造了我们；如果不愿远离，就请努力生活下去。对于这代充满叛逆性格和创新思维的人来说，说教毫无益处，那么，就请让我将《双城记》中最著名的一段话送给你我所在的这个时代，以及正在这个时代努力生活的80后和90后们——

"这是最好的时代，这是最坏的时代；这是智慧的年代，这是愚蠢的年代；这是信仰的时期，这是怀疑的时期；这是光明的季节，这是黑暗的季节；这是希望之春，这是绝望之冬；我们的前途拥有一切，我们的前途一无所有；我们正走向天堂，我们正走下地狱。"

第一章　不能承受之重

2014年4月下旬的一天，L城这座中国北方随处可见的小城一如既往地紧张繁忙着。

除了为数不多的客人，没有人会注意到，在一条不起眼的胡同中的一个不起眼的小超市里，一个大男孩儿正神情落寞地盯着街上的熙攘人群出神。

他就是梁博，是笔者朋友的同学，同时也是笔者的受访者。这次见面是两天前预约的。当朋友帮我联系到梁博，并说要进行一些关于大学毕业生工作问题的采访时，梁博当场就热切地应下来，用朋友的话说——"好像有一肚子苦水要倒似的！"之前我已经进行了很多类似的采访，每次都有新的收获，我感觉，即将进行的和梁博的聊天不会让我空手而归。

更何况，朋友早就说过，梁博的曲折经历不会让我失望。

我走进梁博家的超市时，差不多是上午九点一刻，或许是因为时间的问题，这个不大的店面门可罗雀，只有梁博一人蜷缩在收银台后玩手机。看到我进来，梁博露出一个腼腆的笑，黑边眼镜后面的眼睛眯成了一条线，生涩地问我："您好，需要点儿什么？"

我忙告知我的身份。梁博听了，不好意思地一笑，挠了挠后脑勺，接着起身从身旁给我拿了一瓶绿茶饮料。我并不渴，连连推辞，他却坚持将瓶盖拧开，塞到了我的手里。

短暂的寒暄过后，我们两个同龄人就基本上算是相识了。与我预想中不同的是，梁博并没有朋友口中所说的那样木讷和拘谨，我暗自高兴，因为轻松自在的谈话更容易让我的访问进行下去。随后，在我的请求下，梁博开始讲述他的经历。

开讲之前，看起来毫无头绪的梁博问我："从什么时候说起好呢？"

我想了想说："其实聊聊你毕业之后的事就可以，但如果能多了解一些你之前的经历，比如大学里的学习状况，那就更好了。"

梁博略想了想，忽然露出一个苦涩的笑容，说："那就从我一辈子也忘不了的高考说起吧！"

两次高考

1988年出生的梁博，在2006年参加了人生中的第一次高考。他清楚地记得，第一场考完后，他从考场一出来，和其他家长一样顶着烈日在校门外焦急等待的妈妈在人群中一把拉住他，急切地问："考得怎么样？"梁博却不敢直视妈妈的眼睛。他不知该如何面对含辛茹苦的妈妈，他知道自己的状态有多差，知道自己的答题有多糟，知道自己一定会名落孙山。

而事实果如他所料：他落榜了。

和许多高考失利的学生一样，梁博在接下来的两个月里经受了未经高考落榜的人难以想象的痛苦煎熬。他不敢出门，整天闷在家里，几乎断绝了与外界的所有联系，除了看电视就是玩游戏。妈妈劝说他去复习，然而他已经对高三的"冲刺生活"产生了厌倦和恐惧心理，于是对妈妈的请求严词拒绝。

不死心的妈妈随即动员了所有的亲戚朋友对他进行轮番轰炸。于是，梁博家每天都有客人光顾，舅舅、姨妈、姑妈、表姐、姑姥姥……他们来的目的只有一个：劝说梁博"复习一年，重新再战！"爸爸妈妈每天醒来的第一件事当然也是哀求儿子去复习……

最终，在这种狂轰滥炸面前，梁博屈服了，答应妈妈再次踏入熟悉的校门，开始了一年的复习生涯。

"因为不想让爸爸妈妈再为我操心，所以我决定去复习。"梁博说这句话时，语气中有一种显而易见的酸楚。而当说起自己重新走进校门时，他的脸上露出一个苦涩的笑容，然后，他给我讲了一个故事：

两个国家发生了战争，遭受侵略的国家历经磨难，最终战胜了敌人。战胜国人民俘虏了发动战争的敌国首领，他们决定对这个罪魁祸首处以死刑，而行刑的方式与众不同——因为他们的国家被敌人轰炸得满目疮痍，于是他们决定用炸药结束战犯的生命。为了让更多人看到行刑的过程，他们让全身捆绑炸药的战犯站在中央广场，火药的引线却一直延伸到城门，长达数里，他们要用等待死亡来临的方式加重对战犯的惩罚。一声令下，火药被点燃，街道两旁的人们静静地观看"嘶嘶"冒着火星的引线从城门奔向刑场……终于，引线燃烧到了广场上，然而，就在火星点燃战犯身上炸药的前一秒，一位老者却忽然将火星熄灭了。人们奇怪地望着老者，不明白他的用意。这时，老者缓缓地说："再来一次！"

梁博苦涩地说："我感觉，复习一年这种事对我来说，就是'再来一次！'——要多可怕就有多可怕！"

我哑然失笑。作为学生却畏惧学习，这本身就是一种充满悲哀的讽刺。

重压之下，梁博在煎熬中挨过了2006到2007学年，迎来了高考。从考场出来，妈妈急切地问他考得怎么样。梁博没有说话，然而妈妈也没有继续问下去，母子二人就这样一前一后慢慢地走回家。

没多久，梁博收到了石家庄某大学的录取通知书。

专业

梁博学的专业是"金融工程"，这是个对很多人来说很陌生的新兴学科，是近几年随着中国经济的发展才兴起的。百度百科对"金融工程"的定义是：

"主要学习经济学、金融学、金融工程和金融管理方面的基本理论和基础知识，接受理财、投融资以及风险管理方法与技能的基本训练，具有设计开发、综合运用各种金融工具，创造性解决金融实务问题的基本能力，开展金融风险管理、公司理财、投资战略策划以及金融产品定价研究，能在跨国公司和金融机构从事金融财务管理、金融分析和策划。"

这个定义规范而生硬，基本上涵盖了这个专业所有的科目和技能，但是就和许多看似有内容的定义一样，这个词条说了也几乎等同于没说。和许多大学开设的专业一样，金融工程也是个看似从字面上就可以理解但实际上绝大多数人对它知之甚少的专业。

梁博坦诚地说："迄今为止我对这个专业也很陌生。"

我不禁好奇地问："那——你是如何定义这个专业的呢？"

梁博略想了想，回答说："其实就是学一些经济学的理论知识，再学一点理财、投资之类的课程，特别枯燥，而且基本没什么用，这个专业水得很——当然，这些也是我现在才得出的结论，以前我并不是这么想的。"

我哑然失笑。长久以来，我频繁地看到毕业生们抱怨自己的专业是中看不中用的绣花枕头，充满了"遇人不淑"或者"所托非人"的哀怨和不平。丝毫不意外的，梁博就是这其中的一员。当然，持有这种态度也无可厚非，梁博的看法其实也是大多数人对这个专业的看法。我也曾问过一些同类专业的网友，请教他们的看法，结果他们对这个专业的评价也基本上没有脱离以下词汇：不好学，特别烦琐，背的东西特别多，不好理解……

然而，让我不明白的是，既然不了解，既然不喜欢，那为什么要选择去学习这个"水得很"的专业呢？

其实细细想一想，不难发现，最主要的原因当然还是和"工作"有关。据梁博回忆，当初他选择这个专业，是因为身边很多人都持这样一种似乎非常可信的观点：中国经济飞速发展，已经和国际接轨，金融工程这一新兴学科将来会大有用武之地！梁博感觉这一说法是有力度的，是可信的，相比

"播音主持"或者"中文"等众所周知的不好就业的学科（系），金融工程显然更容易在当今社会找到合适的工作，于是他毅然选择了金融工程。

而在笔者看来，很多时候，人们所看到的事物，尤其是美好的事物，多半是假象。

而且，大多数人都不能在假象面前保持冷静，他们很容易被假象所欺骗。

梁博踌躇满志地踏进大学校园，开始初步接触金融工程课程。大一结束的时候，他顺利地通过了各科考试。他感觉，这个专业并不是很苦难，只不过是有些烦琐，其实真正需要理解的东西并不多，他对教材上的每一个定律、每一个概念都谙熟于心。他看到大四的学哥学姐们拖着行李离开母校，他似乎也看到了自己离开校园、奔向社会、置身职场的那一天。

那几年里，他对未来充满希望。

然而，当梁博大学毕业后，当他第一次找工作碰壁后，想起当初从别人口中听到这个牛气哄哄的专业时，他有种上当受骗的感觉——"好找工作"仅仅只是个假象。

他甚至后悔自己第二次参加高考。

挫折

在中国的大学校园里，一直不缺少一种氛围，即很多学生不放过任何一个可以锻炼自己的机会，早早地去体验社会生活。在这种氛围下，很多学生选择在学习的间隙去找各式各样的工作来勤工俭学。大二时，梁博就开始尝试做一些兼职，比如在饭店做服务员、在大街上发传单、在路边摆摊儿卖小饰品……那时候的工作都很短暂，具有临时性，而且基本上都属于"体力劳动"的范畴，工作性质与专业无关，所以对于即将到来的"真正的困难"，他并没有机会体会到。

毕业后，梁博拿着毕业证书回到山东老家。一次同学聚会，聊起未来，

人生四季
◎就业季◎

他内心充满希望，他清楚地记得自己说过的话："我的职场生涯马上开始喽！等着我杀出一片新天地来吧！"而现在提及当初，他却用另外一种截然不同的语气摇摇头说："想起来，当初真是年少轻狂，很可笑的。"

和父母商议过后，他决定在经济发达的青岛发展。于是，在2011年的金秋十月，怀揣着梦想的他孤身一人来到了青岛。

为了节俭，梁博来青岛之前就在网上找了几家比较便宜的公寓，运气还不错，看了第一家房子就相中了：一个大约二十五平方米的独立单间，有洗手间，有一张床和一张桌子。他自己花了七十块钱买了一把椅子。这是他第一次完全地独立，或者说应该是"孤立"地生活，因为大学至少还有舍友，而现在周围都是陌生的面孔，从小就胆小的他甚至会感到害怕，但他还是坚持着没给爸爸妈妈打电话。

说到这里，不由得让他想起大学时的一件事：大二时，他在朋友的介绍下找到一份做汽车市场调查的兼职，所要做的工作就是在停车场等待车主，然后对照着公司提供的调查问卷上前询问，以对汽车市场做出评估。如果询问过程终止，比如受访者忽然离开或者拒绝继续回答，问卷即作废（身边会有监督者）。因为害羞和没有经验，梁博的支支吾吾让受访者很不耐烦，结果都在中途离开，导致他第一天上班就铩羽而归。回到公司，公司负责人大发雷霆，他还清楚地记得那个"满脸横肉的小胖子"是如何对他拍桌子然后把问卷扔得满天飞的……最后，公司负责人扔给他五十块钱，不耐烦地说："你被开除了！"出了那栋楼，梁博就给妈妈打电话，说着说着就哽咽起来，妈妈则细心地软语安慰，那一刻，他恨不能立即飞到妈妈身边。

他觉得，和两年前相比，他总要有一点儿进步的，而对他来说，能坚持住不给妈妈打电话，就是一种进步。

为了方便找工作，梁博办了一张无线上网卡，用自己那台随身携带的笔记本电脑将自己的简历发到了网上。现在他想起自己当初在简历上提出的月薪要求，不禁有些脸红：三千五到五千元。现在的他已经很清楚，对于很多

第一章　不能承受之重

刚刚毕业的大学生来说，"月薪五千"基本上就是一个天文数字，除非个别情况，否则你就是痴心妄想。

和许多初出茅庐的大学毕业生一样，梁博为找工作所做的准备远不止这些。他从网上查阅了一大堆关于面试的指南和技巧，然后花了两千多元从附近的商场买了一套颇为正式的西装（现在早就不知道扔到哪里去了）和两件白衬衫，还精心地理了发。为了不显得"社会气"和"学生气"，他听从朋友的建议，选择了中规中矩的板寸。

然后，他开始等待，充满了待嫁新娘似的激动和不安。

终于，四天后，他接到了一家证券公司的电话。

接电话时，他尽可能地让自己显得成熟稳重："喂——您好！"

电话那边，一个女人的声音说他们公司需要金融交易员，并通知他第二天下午两点钟去面试。

梁博心中小鹿乱撞。虽然之前在大学做兼职时也不止一次去参加面试，但从来没有现在这种感觉。第二天一大早，梁博开始为下午的面试做准备，他拿出昨天打印好的个人资料细细地看了又看，然后穿上衣服在镜子前练习对话和动作……尽管那家证券公司离自己的住处不过二十分钟的车程，但他还是一点不到就打了车赶到了那家公司楼下。让他感到意外的是，之后还有一个女生也来到楼下，和他年纪相仿，打过招呼之后才知道，她也是来应聘的，而且是和他一样的工作。

梁博接到这个公司的电话后，在网上查阅了其相关资料，他们的招聘信息上写得非常清楚明白，他们只需要招聘一名此职务员工。

两点钟，忐忑不安的梁博走进了证券公司的人力资源部。刚好，部门员工正在开办公室的门。那个女生抢先一步给开门的员工打了招呼："姐姐您好，我是李娟（化名），是来面试的。今天上午是您打的电话吧？"

正在开门的女人回头看了他们一眼："你们两个都是来应聘的？"

女生又抢在他前面说了一声"是"，梁博则慌忙点头："是的。"

女人说:"我是人力资源部的经理,姓胡。你们两个,该带的东西都带了吗?"

那名女生忙说:"胡经理您好!您吩咐要带的东西都带了!"

梁博有种完全插不上话的感觉,他很清楚地记得胡经理在听到应聘女生的答复后意味深长地看了自己一眼。

而后,胡经理对女生说:"你先进来。"又冲梁博说:"你先在外面等等。"

女生笑盈盈地走进办公室,随后,那扇门轻轻关上了。梁博忽然有种说不上来的挫败感:刚才的表现竟然那样差,连最基本的社交礼仪都没有做好,和那个女生一比较,简直就是弱爆了!

大约过了十分钟,那名女生开门走了出来,一脸笑容地冲梁博说:"胡经理让你进去!"梁博慌乱地点点头,那女生就像是长辈一样轻轻拍了一下梁博的肩膀:"好好表现,其实胡经理人挺好的。"

就这个动作,让梁博彻底失去了信心。女生说话时虽然和颜悦色,却让梁博产生了巨大的压力,她的口吻和神情分明是在告诉梁博她已经胜券在握……然后,梁博完全不知道自己是怎么走进办公室的。

看到梁博进来,正在忙着收拾桌子的胡经理并未停下手中的动作,她一边摆放资料一边说:"坐吧!"

梁博蹭到办公桌前的椅子上坐下。

这时,胡经理又说道:"你的简历!"

梁博慌乱地从自己的公义包中将已经打印好的简历拿了出来,然后尽量让自己保持恭敬的姿态,将它交给桌子后面的胡经理。

胡经理接过去,看了看,突然干巴巴地笑了一声:"小伙子就是懒,你看刚才那个女孩子,人家的简历都是手写的!"

这句看似无意的话却吓得梁博一个激灵,他甚至不敢再看胡经理的眼睛。

胡经理粗粗地扫了两眼他的简历,又似乎是随意地说了一句:"应届毕业生,没什么经验吧?"

第一章 不能承受之重

梁博沉吟了好一会儿，然后壮着胆子说："我虽然没有什么经验，可是经验是可以通过学习不断积累的……"

胡经理把简历扔在桌子上，盯着梁博的眼睛，问："大学期间有什么工作经验？"

梁博急忙回答："做过不少兼职，在饭店、超市等地方工作过。"

胡经理云淡风轻地笑了笑："在饭店？给人刷盘子？"

梁博摇摇头，认真回答："不是，是端盘子。"

胡经理忍不住笑出声来："看不出，小伙子还挺幽默的。"

紧张的梁博并未察觉他们的对话有什么"幽默"之处。

胡经理又拿起简历看了看，说："我看你的简历上写的，大学期间根本就没有做过相关工作，除了服务生还是服务生，我感觉你对这份工作和这个领域的了解不会很多。"

梁博竟然鬼使神差地跟着胡经理的话点点头。

胡经理说："小伙子先回去，简历留着，我们部门再综合考虑一下，需要的话再跟你联系。"

梁博"哦"了一声，甚至没有想起说一声"再见"就走出了办公室。

当然，一连等了四天，都没有等来胡经理的电话，梁博终于死心了。

不久，妈妈打来电话，问找工作的情况。梁博用欢快的语气欺骗了妈妈："刚落青岛，还没找工作，不过同学们都说我这个专业不难找工作的，不着急，等等我就把简历发到网上去。"而挂掉妈妈的电话后，梁博忽然感到一种从未有过的压力，而且陷入了笔者在很多应届毕业生身上都有的近乎胡思乱想的担忧：如果找不到工作，那么四年大学是不是就白读了？没有工作，我怎么赚钱养家？又怎么去回报父母的付出？我的亲人和朋友们会怎么看我……

在这种巨大的压力下，梁博加快了找工作的节奏。当天，他又联系到一家投资公司。那家公司约他第二天上午九点钟面试。

人生四季
◎ 就业季 ◎

对于人生中的第二次面试，梁博下了更多的功夫，当然这次主要是在"软件"上。回想起第一次面试的场景，他不由脸庞发烫——表现太差了，基本的社交应答都不过关，自然无法给面试官以良好的印象。所以，梁博做好了充分的准备，从网友那里学到了很多缓解紧张的方法，比如深呼吸，以及颇为滑稽的用双手推墙。

第二天一早，梁博提前来到那家投资公司楼下，然后在九点钟准时敲开了公司总经理办公室的门。

总经理四十来岁，看到梁博，非常热情而客气地请他落座。梁博有些受宠若惊，尽量得体地坐在一张待客的小圆桌前。

而后，总经理在自己办公桌前翻来找去地弄了一大堆文件塞到公文包里，然后指了指身边跟他一块儿忙活的女人对梁博说："不好意思，我这边有点儿急事，要出去一趟，你的具体情况可以跟我的助理谈谈，有不明白的地方就问她。"说罢就急匆匆地出去了。

女助理送总经理出了门，又给梁博倒了一杯水。梁博急忙道了谢。

而后，女助理坐在了梁博对面，问："你是应聘理财顾问的吧？"

梁博想了想，沉吟片刻，说："是的。我的专业是金融管理，金融交易员和理财顾问的职业我都可以做的。"

女助理说："我们只招理财顾问。"而后又问："你之前做过相关工作吗？"

梁博摇头："没有，我是今年刚毕业的。"

女助理"哦"了一声，又问："简历带来了吧？"

梁博忙说："带来了！"然后，他从包里将自己认真誊抄下来的简历递到女助理手中。

女助理接过简历一看，称赞了一声："字挺漂亮的。"颇为仔细地看了一遍，然后说："你的专业确实和这个工作对口，按理说是可以做这个工作的，但问题是，你大学期间做的都是与这个专业无关的兼职工作，这样就不太有优势，在你之前也有好几个人应聘，都被我们 boss 给 pass 了，因为我们公司

第一章　不能承受之重

需要的是有工作经验的员工。说实话，我们公司是相当开放的，像其他公司其实都不招应届毕业生的，我们招，可前提是你得在大学期间从事过相关工作。"

梁博听了女助理的话，总感觉哪里不对味儿，可又说不上来。他点了点头。其实，他已经预感到，这个工作又泡汤了。

女助理又说："其实，像你这种专业的，如果没有工作经验，找到工作是比较困难的。"

梁博不置可否，窘迫又无奈地冲女助理笑了笑。

女助理又拿着他的简历翻看了几次，然后说："这样吧，你的情况我大致了解了，等我们 boss 回来，我就把你的情况说给他，希望你能被录取。"说着露出一个在梁博看来意味深长的笑容。

梁博简直不知道自己是怎么站起身来走出那家公司的。回到住处，打开电脑，六神无主地听着里面传出的乱糟糟的歌声，他感觉自信心已经所剩无几了——

"看过赵本山的那个小品吧，他和宋丹丹还有崔永元演的。崔永元向宋丹丹提问的时候赵本山老是打嗝，结果崔永元就不知道自己讲到哪儿了，于是宋丹丹就嘲笑崔永元说：'你看你这心理素质也太差了，几个嗝就把你打蒙了！'我感觉我就很像这种情况。实话实说，经过这两次面试，我遭受的打击不小，我以为我的专业是个很吃香的专业，一进入社会就能找到很好的工作，可两次面试已经让我发现我错了，我根本就没有任何与众不同的地方，毕业之前就听人们说工作不好找，我还不信，现在我体会到工作是多么难找了……说实话，我当时已经被打蒙了。"

之后的一星期，他又接到两家金融公司的面试邀请。第一家公司待遇不错，基本月薪三千五，可和前两家公司一样，他们不要没有工作经验的新人。第二家公司就在他住处的附近，步行十分钟就到了，可他走到那家公司所在的楼下，徘徊了足足有二十分钟，最终没有走进去。

人生四季
◎就业季◎

梁博拿定主意选择放弃这次面试的时候，甚至有一种劫后重生的感觉。他不敢再去面试了，因为他不想再听到别人对他辛苦四年学习的专业的否定。他认为，这些陌生人对他所学专业的否定，就是对他这个人的否定，这种判定十分不负责任。片面，武断，残忍，可恶……已经完全超出了他的心理承受范围，他甚至开始憎恶那些人，那些胡经理和女助理们。

他忽然产生了一种感慨：在这个社会里，有多少人就是被这种轻易下的判决给否定的！

之后，梁博休息了一个星期。其间，爸爸妈妈打过好几次电话，细心的父母并没有一上来就问工作，通常是在嘘寒问暖地说了一些生活细节之后，才开始追问我工作的情况。梁博越来越不耐烦。当然，身为父母，梁博的爸爸妈妈能感觉到他这种烦躁不安，于是他们减少了打电话的次数，而且即便是通话也基本上不再问及工作问题。这让梁博多少有些放松，但很快这种轻松就被愧疚所取代。

因为没有再继续找工作，梁博闲了下来，上了两天网，感觉没什么意思，于是他花了两百块钱在附近的二手市场买了一辆自行车，然后用了差不多一个星期逛遍了整个青岛市。青岛是个干净整洁的城市，在海边吹着海风的时候，他的心情会好许多。

当然，这段时间也有金融或者投资公司打来电话，但梁博一概置之不理。在他看来，用不理睬来对待他们是一个十分有力的还击，是在表明自己的"态度"。而现在回想起来，梁博觉得自己简直太可笑了："我以为自己不埋睬那家公司，就会给那家公司带来影响，至少他们会有种挫败感。其实，我们总是在高估自己的存在。除了浪费几毛钱电话费，他们受不到任何影响。受影响的是我，是我们。"

他几乎走完了青岛的每一条街道。当骑着自行车也无法排遣心中的烦闷时，他的眼睛盯住了经常在路边饭店门口看到的招聘服务员的启事，眼看着自己从家里带来的钱越来越少，他决定不再混天度日下去。于是，他找到一

第一章 不能承受之重

家看上去规模还可以的饭店,向经理递交了自己的简历。

然而,饭店经理根本就没看他精心准备的简历,随手将那张纸往办公桌上一扔,打量一下他,爽快地说:"现在就上班吧!"

于是,梁博"重操旧业"了。

这家饭店在青岛还算有名,生意不错,成为服务员的梁博工作量相当大,但端盘子这种事对他来说不过是花一点儿时间重新进入状态罢了。生活节奏一下子紧张起来。但是,相比之前的无所事事,小心翼翼地端着餐盘的梁博感到一种安全感,没有继续浪费时间,生活更加充实,不会再感觉自己是个只会让钱包里的钱越来越少的废物。

2011年11月2日,也就是梁博在这家饭店工作的第八天,他在自己的QQ说说上写下了这样一段话:"其实,无论是做什么工作,只要能踏踏实实地干下去,就是一件很开心的事!"

梁博当时确实是这么想的,甚至在某一段时间之内是坚定不移地相信这个说法的,但人的复杂性注定了他这句话并不能成为他终生的人生信条。

一天,店里来了一桌客人,看样子应该是一家人:一对老年夫妇,一对中年夫妇,还有一个和他年纪相仿的男生。他们说说笑笑,点了一桌子菜,其乐融融。当他们差不多吃完的时候,梁博上去为他们送饮料,已经微醺的中年男子忽然问梁博:"小伙子今年多大啊?"

梁博回答说:"二十三。"

中年男子指着身边的儿子笑着说:"哦,和我儿子一样大!"然后又问:"出来工作几年了?"

梁博回答:"今年刚毕业,也是刚来这边工作。"

让他没想到的是,这话刚一出口,一桌子的人脸上都露出一种奇怪的神情。然后,那位爷爷说:"你大学毕业,却来这里端盘子做服务生,不合适,小伙子!我孙子去年毕业,现在在银行上班——这才是你们高等学历的年轻人应该去的地方!"说着他充满欣慰地看了自己的孙子一眼。

人生四季
◎ 就业季 ◎

梁博不知道该如何回答，他感到十分尴尬。

当然，还有羞愧和愤怒。

他感到如芒在背，好像每个人都在盯着他，眼神中尽是嘲讽和轻蔑。

第二天，梁博辞职了。说是辞职，其实是不辞而别。因为他在那家饭店上班不到一个月，他凭直觉猜测那位说话并不痛快的饭店经理不会给他结算这二十几天的工资，于是他选择了自认为的"有尊严的离开方式"。

而据笔者所了解，好像诸如此类的讨要工资的问题，在刚刚毕业的大学生身上并不罕见，很多人会因为各种各样的原因而选择放弃本来属于自己的工资。当笔者问及梁博为什么没有试着去要工资或者再坚持几天做完一个月再正式提出辞职时，梁博却摇摇头说："我就是不想去求他们，低声下气的，像个可怜巴巴的农民工。"

笔者一听这话不由得笑了笑，说："据我所知，虽然现在还有拖欠农民工工资的现象，但这种情况已有所改观；而且，现在农民工的工资都不低，虽然累，可是一个月不到两千块钱的工作他们是不看在眼里的。我老家的那些老实巴交的农民，农闲的时候走南闯北地打工，很多人能达到月薪四五千的标准。"

梁博听了，感到有些诧异："我知道现在的农民工工资都不低，可是想不到竟会这样高……说真的，我感觉，我们这些所谓的大学毕业生，其实是不如农民工的。农民工能吃苦，我们不能；我们又比不过那些官二代、富二代，又不能拼爹……既不能吃苦，又没有一个好的家庭环境……所以，我们当中的很多人，或者说我们当中的大多数人，只能活得像个流浪狗一样。"说罢，他清秀的脸上露出一个苦笑。

我不置可否。对于他这种观点，我并不想过多评论，作为访问者，如果我发表太多意见，有可能会影响受访者真实想法的表达。能够让梁博说出这些颇具有代表性的话，已经让我相当满意了。

我又问："离开饭店之后，你去了哪里？"

梁博说:"那天受到的打击挺大的,让我倍受挫折。离开饭店,在青岛魂不守舍地待了两天,然后特别想家,于是我给家里打了个电话。妈妈说:'想家就回来吧!'第二天,我就回来了。"

而且,这一回来,就再也没有"回去"。

啃老

回到家后,梁博躲在自己房间里蒙头睡了一整天。母亲几次进来,轻轻为他掖被角。其实他根本就没有睡着,他不过是不想和父母说话——不知道该如何面对他们。当妈妈出去后,他的眼泪就流了出来。梁博声称自己并不是一个爱哭的人,但是,在青岛的这一段时间,让他产生了一种恐惧,而他之所以哭,除了对父母的愧疚,更多的就是因为这种恐惧。

他害怕,作为男人,却没有能力养活自己。

回家当晚吃饭的时候,梁博和爸爸妈妈坐在了一起,饭菜虽然丰盛,梁博却味同嚼蜡。席间,妈妈说了一句:"现在都不好找工作,也别着急,慢慢来。"然后梁博看到爸爸给了妈妈一个眼神,示意她不要再提工作的事,这让梁博更加难受。

"看着满桌子的饭菜,有红烧肉、糖醋鱼、糖醋里脊……每一道菜都是我喜欢吃的,可是这些东西没有一样是我自己花钱买的。爸爸妈妈辛辛苦苦把我养大,我已经是成年人了,却只有靠着他们才能活下去。他们一句责备的话也没有,还在体谅我的难处。我想报答他们,可是又能靠什么才能报答呢!我甚至连一个像样的礼物都买不起。"

之后几天,梁博就窝在家里闭门不出,所能做的事无非是上网、玩游戏,同学和发小都在外地,想出门也没有人可以陪他。其间有邻居向他的父母问及,当得知他在家里后,对他妈妈说:"眼看就要过年了,再出去找工作也没必要,可是一个大小伙子也不能总躲在家里白吃白喝呀!让他下来给你看

人生四季
◎就业季◎

看店，招呼招呼客人，总比闲着强呀！"

妈妈每每听到这样略带指责的建议，总是会这样说："这孩子从小就不在门市上待着，他脸皮儿薄，怕见人，小时候走到人多的地方都脸红。"

但是，邻居们说得多了，妈妈的心思也开始活动，当邻居们指责的风言风语传进梁博的耳朵时，梁博又气愤又羞愧，万般无奈中，他从楼上走下来，到超市里帮妈妈看店。

超市的生意不错，人来人往，其实工作量不大，只是琐碎。即便是进货，也不过是站在一边看着送货工人按照他的吩咐摆放货物罢了。因为有他"坐镇"，妈妈基本上从超市中抽出身来，闲不住的她重操旧业，弄了一辆小吃车，在附近卖起了煎饼馃子，生意居然也不错。

而梁博，就此开始了自己长达三年有余的"超市CEO（梁博语）"生涯。

当梁博讲到这一段时，我的好奇心上来了，我特别想知道，一个从小就对待在自家超市里特别抵触的80后男青年，在成为一名超市售货员之后，其心理活动是怎样的。而梁博则非常坦诚地描述了自己当时的状态——

"最初坐到超市柜台前时，我感到十分局促。当第一个客人进来问我一盒泡面多少钱时，我想了好久才回答出来，那个客人看我的目光十分奇怪，看得我脸上火辣辣的，我十分生气，心想：好好的你吃什么泡面！（笑）

"其实，更让我害怕的是那些熟人，那些邻居们和爸妈的朋友们。他们一到店里来就开口问我的工作，搞得我都不知道怎么回答他们。对我来说，这个问题十分尖锐，事实明摆着，如果我的工作解决了，我还会在妈妈的超市里看店吗？那时候，我认为这些人纯粹是不怀好意，明知故问，目的就是让我难堪，其实后来就知道了，他们不过是出于礼节随口一问，可就是这个礼貌问题，却经常让我十分尴尬和窘迫。

"过了年，我继续留在店里，渐渐地，妈妈的老主顾们都认识我了。这下可好，对我'嘘寒问暖'的人越来越多，他们买了东西往往不会马上离开，总要跟我聊上一会儿，问来问去也不过是工作的问题……你知道，我对这个

18

梁博在接电话

话题十分敏感，偏偏那些长辈又喜欢倚老卖老，在我耳根子旁说什么'年纪轻轻的应该有个正式的工作''整天窝在你妈的店里能有什么出息'之类的难听话。可是我又不能反驳他们，更不能顶撞他们，每次他们来，都要让我生气很久。直到现在，我对这些喜欢打着嘘寒问暖的幌子问东问西的长辈都没有什么好感。

"可是，就这样过了一年，我竟然也慢慢地习惯了，他们说，我就听着。"

上面基本上就是梁博的原话。当我将这段话整理出来后，忽然发现他的心理活动其实是很有意思的：由原来的极为抵触到后来的坦然接受，其实是他被自己所处的环境给"招安"了。作为旁观者，笔者坚信，这种生活绝不是梁博所想要的，他的"习惯"，也绝非意味着他的坦然接受。当他讲到这里的时候，笔者已经觉察到，接下来发生的事一定不会是平平静静的。

果然，很快梁博就遇到了新问题。

这次，他的问题来自于爸爸妈妈。

当第二个新年到来的时候，梁博已经完全习惯了在超市里看店的生活。然而，过年期间的走亲访友，却让他的妈妈遭受到不小的冲击。亲戚朋友们聚到一起，谈的最多的无非是自己的孩子，看到别人家的孩子都找到了不错的工作，梁博的父母忽然开始感觉到压力。梁博清楚地记得，那是大年初六的晚上，妈妈和爸爸似乎是经历了一番激烈的思想争斗，然后将他叫到跟前，说："其实亲戚们说得也不是不对，你是个二十好几的小伙子，上了大学，不能总是待在家里守着超市，你应该出去，再找个工作吧！要我看，也不用离家太远，就在咱们这里找个吧，这样还能省下不少房租。"

梁博听了，竟然吓得一个激灵。"找工作"这三个字对他来说似乎已经很遥远了，但当妈妈这样提的时候，他才发现自己内心深处对找工作有着深深的恐惧。

他不敢看爸爸和妈妈的眼睛，出于不想让他们为难，也出于自尊心，他装作若无其事的样子，一边胡乱调换着电视台，一边点头答应了妈妈的要求：

第一章　不能承受之重

"好。"

然后，他上网在招聘网站找了找，列入首选的当然还是和他所学专业对口的工作。但让他沮丧的是，网站上的招聘信息无一例外均要求应聘者须拥有一定年限的工作经验，这无疑又给他泼了一瓢冷水。他把这种情况告诉妈妈，妈妈说："这个规定不合理，要是都要有工作经验的，那你们这些刚毕业的孩子不是永远没机会了嘛！我就不信现在这些公司这么死心眼！"于是她也亲自在网上帮梁博找，没想到，还真就让她找到一家——一家证券公司愿意接受刚毕业的大学生担任证券分析师实习助理。

梁博妈妈高兴坏了，急忙打过去电话，再次确认是否招收应届毕业生，得到肯定答复后，喜形于色："要是能在这家公司上班该多好！工资待遇也不低，转正后可以拿到三千，而且离家也挺近！"一边高兴地自顾自说着，一边张罗梁博第二天的面试。

第二天，梁博穿上了在青岛买的那套正装，走出了家门。他没有回头，他知道，妈妈一定在用期盼的眼神热切地望着自己。他感到一股压力让他喘不过气来。

坐在公交车上，望着大街上熙熙攘攘的车辆和行人，"那一刻，我感觉自己看破了红尘，我真想学那些道士或者和尚，找一个深山老林，盖一座道观或者庙宇，然后隐居起来，与世无争。"

梁博说这些"出世"之语时，笔者却百感交集。这并不是释道所推崇的出世之心，而是一个在冷酷现实面前低头的年轻人所表现出来的"认命"，这种"出世"，并非庄子、陶渊明式的真正出世，而是退缩。

一路上，梁博脑海中浮现得更多的，是在青岛时他的那几次应聘经历：刻薄的女经理，不知是敌是友的应聘者，温和但拒人于千里之外的女助理，直言快语很有杀伤力的中年男子……每次无果而终的应聘都是他的噩梦！自己每面试一次，自信心就削减一些，经过这几次挫折，他的自信心已经所剩无几了！

人生四季
◎就业季◎

所以，当到达目的地后，梁博却忽然决定不上去，他在楼下转了转，然后回家了。

妈妈问："面试怎么样？还顺利吗？"

梁博头也不抬："我感觉还行，就是不知道那家公司面试的人对我印象怎么样，等消息吧！"

梁博对笔者说，从小到大他也对妈妈撒过好多次谎，比如放学后他和同学去外面疯忘记回家，却谎称自己是在学校里写作业。以前几乎每次骗过妈妈都会让他产生劫后重生的幸福感，兼伴撒谎成功的成就感。但这次撒谎不同，他的心里又愧疚又害怕，低着头装作看手机，然后头也不回地上了楼。

第二天下午，妈妈忍不住问："那家公司来电话了吗？"

梁博摇摇头："没有。"

第三天上午，妈妈问："公司来电话了吗？"

梁博说："没有。"

下午，妈妈又问："来电话了吗？"

梁博回答："没有。"

第四天，妈妈好几次忍不住问："还没来电话吗？"

梁博着急了，大叫着说："没有！"

妈妈不再问了。

几天后的一个晚上，吃过饭后，妈妈拉着梁博促膝长谈。她拐弯抹角地说了一通，主要目的也就是让梁博再去找找相关工作，她说："咱们市那么大，和金融啦、经济啦挂钩的公司有很多，肯定还有招收应届毕业生的。实在不行，咱的工资减半也可以！先干几个月，积攒经验，也是日后工作的资本。"

梁博看着妈妈苦口婆心地劝自己，便说："妈，你不懂现在的社会环境，金融管理类的工作其实没有一般人想象的那么好找，人家要么是要有工作经验的，要么就是要有硕士学位的，像我们这种本科生，又是刚毕业，基本上

第一章　不能承受之重

没希望！"

而后，梁博又加了一句："除非爸爸妈妈是开大公司的！"

妈妈听了，先是一愣，然后开玩笑似的说："我和你爸总不能再去开个上市公司呀！再说了，你要是富二代，我和你爸还会让你出去找工作？"

梁博讪笑，心里很不是滋味。

在超市看了几天店后，不时出现在他跟前欲言又止的妈妈终于又说："咱也没必要一定找这个专业的工作，试试其他工作也可以，不能在一棵树上吊死呀！说不定改行反倒做成功了呢！"

梁博不用看也能想象到妈妈那一脸殷切的表情，想都没想一下，点点头就答应了。

爸爸妈妈随即发动起自己的关系，请亲朋帮梁博联系工作。最终，一个星期后，她的一个朋友打电话称，本市一家酒水公司需要一个送酒水的职工，要会开车，月薪两千五。

梁博在大学时拿到的驾照，车开得不错，妈妈认为他完全能胜任这个工作；而且，她用过这家公司的酒水，了解他们的实力。所以，她迫不及待地想让梁博进入这家公司，接过这个工作。

梁博去了。

他的任务就是给包括市区在内的四县市的超市送酒水。当然，一般这种工作也不会是单纯的"送"，往往还肩负"销"的责任，即要负责向经销商推销酒水产品。男人爱车几乎是天性，所以刚开始梁博很兴奋，因为每天开车出行，出了市区就可以飞驰，如鸟出笼，他感到一种酣畅淋漓的自由自在。

但仅仅半个月后，他就打了退堂鼓，没和爸爸妈妈商量就向公司提出了辞职。

妈妈大为光火，很少冲他发脾气的爸爸也冲他说了重话，他们一再追问梁博辞职的原因。梁博抵挡不住，只好如实回答："我遇到难缠的客户，他们说我送的酒水有问题，当着那么多人跟我争吵……以后一定还会遇到很多这种问题的！"梁博对笔者解释说："那家超市的老板娘确实很凶，是典型的北方女人性格，不但满嘴污言秽语，而且还动手，对我推推搡搡的。其实她目的很简单，就是想赖掉几箱酒钱。"

但对于他的说法，爸爸妈妈并不相信，他们不认为有人会因为被一个女客户刁难就放弃工作的机会。据笔者了解，生活在城市中的工薪阶层，"工作"对他们来说，就是生存下去的机会。在他们看来，梁博的说辞当然是不可理喻的无稽之谈。所以，他们坚信这是儿子为自己的懒惰所寻找的荒诞借口。

他们生气了，妈妈开始了对梁博的冷战。那天，梁博从楼上下来，站到超市的收银台前，妈妈却好像没看到他，无动于衷，梁博只好折身回到楼上用上网打发时间。差不多一星期后，妈妈似乎终于接受了这个现状，她将超市继续交给梁博，自己推着三轮车卖早点去了。

这种情况，一直维持到现在。

当说到自己从那时到现在一直没有尝试过任何新工作时，梁博有些不好意思。但他又说："我感觉自己没资格遮遮掩掩的，我都奔三了，却还在依靠爸爸妈妈讨生活，什么正事儿都没有，就是守着超市，上网、看电影、玩游戏！平时我根本就没有这么多话，对你说这些，主要是因为我感觉挺对不起他们的！我不是个好儿子，也不是一个合格的男人。"

我笑了笑，不知道说什么才合适。我既不想鞭策他，也不想鼓励他，因为鞭策和鼓励他一定听得够多了，此时此刻，任何人的任何话都是多余的，梁博的现状也并非三言两语就可以改变的。我似乎已经弄清楚了梁博的问题所在——在这个和我同龄的年轻人身上，有着排斥社会的典型的恐惧心理，那是对这个瞬息万变而又残酷无情的中国社会的恐惧，而恐惧产生的原因，则是其心理承受能力过于脆弱，残酷的社会中有太多让他难以承受之重。传统的中国，是一个"熟人社会"（即注重乡土观念的"小圈子"社会），而当下的中国，正在急速向"陌生人社会"（经济快速发展的"大圈子"都市社会）转型，已传承数千年的小农社会正在被商业社会所替代，而中国的家庭

摄影：沈安泉

教育和学校教育存均在严重缺陷，这些身处象牙塔的 80、90 后对中国发生的骤变难以应对，从而产生了大量的"梁博"——没有工作或者没有固定工作，收入偏低从而入不敷出、啃老，社会和家庭施加的压力颇大。

而梁博在步入大学时选择专业也是一个值得关注和玩味的问题。之前就有很多学者和媒体指出中国严重存在这样的现象：学子们选择专业的标准是毕业后是否好找工作。这种情况导致中国的大学完全丢掉了"学术"味道，无一幸免地成为了岗前培训中心。然而饶是如此，还是有许多毕业生找不到工作或是找不到合适的工作，很显然，这和学子们盲目跟风式选择专业有关系。笔者问梁博如果再给他一个机会，让他重新上一次大学，他会选择什么专业。梁博想了想，摇摇头，说："什么专业都白费力气，都找不到工作！也不是我一个，身边同学、朋友的例子太多了！学英语的做不成翻译，学中文的写不了文章，学建筑的只能卖房子，学金融的只能——守着妈妈的超市！"

尽管有失偏颇，但很大程度上，梁博所说的，也正是笔者深入调查后所看到的真实情况。

结束

我和梁博交谈的过程中，不时有顾客进来，以至于我们不得不经常短暂地中断谈话，所以一直到下午两点多，我们之间的谈话才结束。之后，我们又聊了一些影视和游戏方面的内容，聊得兴起时，梁博甚至还眉飞色舞，好像完全变了一个人。不久，梁博的妈妈推着小吃车回来了。我打了招呼，阿姨很热情地回应，得知我还没有吃饭，她不留情面地责备了梁博，又充满歉意地对我说："你别见怪，这孩子一直都是这个样子，不懂事，来客人了都不知道给客人准备吃的！"然后坚持要请我吃肉夹馍。我没有推辞。她一下子做了两个，一个给我，一个给梁博。我接过肉夹馍，要付钱，阿姨却坚持不要。我也只好却之不恭，道了谢，大快朵颐。味道确实不错，我也实在是

第一章 不能承受之重

饿了，三下五除二吃了饼，辞别他们，我离开了小超市。

然而，走出没多远，我就听到了他们母子之间的对话——声音很大，充斥着母亲的焦躁和儿子的不耐烦，火药味十足，似乎战争一触即发。我不想回头，拦住一辆出租车，一脑袋钻进去，汽车开动，把他们母子抛在了脑后。

第二章　靠"手艺"吃饭的人

我的第二个受访者，是个女生，名叫婷婷（化名）。她曾是笔者的同事，我们曾在同一家设计公司供职，后来她说自己已经厌烦了这个城市的生活，想去她魂牵梦萦许久的另一个城市工作生活。我问她是哪儿。她说："大理，大理是个经常出现在我梦中的城市！"于是，不久之后，她就离开了我们那家公司去了大理。从分开到这次打电话请她接受采访，我们已有三年多没见面了。当我在网上告诉她要去大理找她时，她很高兴，催促我尽快动身。

因为在做同事的那半年时间里，我对她已经有过较深入的了解，所以我认为这次采访不会太困难——我所要进一步了解的，就是在和她分别后她在大理的经历。

但是，当我到了大理见到婷婷后，她却让我大吃了一惊。

"我改行了，不再是手艺人了！"

在大理火车站外面，我见到了婷婷，除了比以前瘦了一些，没什么太大的变化。她见到我，很高兴，而且一点儿也没有拘束的样子，还和以前那样和我开玩笑。

出了火车站，她拦住一辆出租车："我住的地方离这里不远，我们打车走吧！"我还没来得及欣赏大理街道上的亚热带风光，就被婷婷拉上了随手

第二章　靠"手艺"吃饭的人

拦下的一辆出租车。

在车上，我看着街道两旁的棕榈树和具有民族风情的建筑，也对第一次来的这座城市充满了好感，怪不得婷婷像着了迷似的要来这里。

在车上，婷婷却接连让我大惊。

首先，她告诉我，她已经在去年年初结婚，并且已经有了一个宝贝女儿。

然后，她又云淡风轻地说了一句："我不做设计了。"

对于前面结婚生女的事情，我表示恭喜，后面的事情，我却只剩下吃惊了："你说什么？"

婷婷漫不经心地说："我改行了，不做设计了。来大理还没三个月，我就改行做销售了。"

我大吃一惊："可是——你从来没跟我讲过！"

"你也从来没有问过我呀！"婷婷鬼鬼地一笑。

看着我发愣，她又笑着说道："现在的我，已经不再是当初的手艺人了！"

手艺人，这个词语我还清楚地记得。当初，我和婷婷在那家设计公司上班的时候，也是经常在一起天南海北地聊天，有一次我们说起自己的工作以及将来。

我问她："你是怎么看待我们设计师这个职业的？"

婷婷想了想，说："设计是挺好玩的，可是也不是总那么好玩！"

我又问："你感觉这个职业将来有前途吗？"

婷婷想了想，摇头，说："这个我不知道，我没想过那么多。"

我说："现在这些做设计的，其实和古代那些做陶瓷的、剃头的、磨刀的工作没有区别，大家都是'手艺人'。手艺人就是靠一技之长吃饭，不像农民靠地吃饭，也不像渔民靠水吃饭，我们靠的是自己多年学来的技能。而只要有一技之长，就能养活自己，这个社会是饿不死手艺人的。"

当时婷婷特别赞成我的话，大呼我说得有道理，还称赞我有职业荣誉感。

我以为她会在做设计的道路上越走越远。

可是想不到，才短短几个月，她就改变了自己手艺人的身份，成为一个随处可见的业务员。

随之，我对婷婷的经历产生了更加浓厚的兴趣，对我来说，这算是意外收获了，婷婷波折的工作经历一定会给我带来更多更好的素材和启发（当然，我知道转行就代表婷婷的工作并不顺利，这对她来说意味着某种不幸）。

"为什么不做设计了呢？"我问。

婷婷白了我一眼："为什么？还能为什么！如果这个职业好做，我还会去苦哈哈地做销售吗？"

"给我讲讲咱们分开后你的经历吧！"

婷婷点点头。

热爱的专业

婷婷1989年出生于湖北鄂州，从小喜欢画画，且表现出了优于常人的天赋。幼儿园时代的蜡笔画就经常赢得人们的赞许，还获过不少奖项；小学和初中时，班级里的黑板报几乎都是她负责的，而且在班级之间的评选中总是名列前茅；高中时，学校正式开设了美术课，而文化课成绩相对弱的婷婷自然而然就成了一名"美术生"，而且在美术老师的眼中是最勤奋、最优秀的一个。

2011年，婷婷以非常好的成绩毕业于武汉某大学。

当初选择专业时，婷婷是有过一番思考和挣扎的。与一般非艺术类考生相比，艺术类考生因为有"特长"而往往选择与之联系密切的专业，各大院校开设的与美术关系密切的专业一般都是"平面设计""环境设计""装饰设计"以及"美术学"。婷婷最初的意愿是选择美术学，原因很简单，用她自己的话说就是"美术学看上去和'美术'的关系最接近"。然而一些前辈和老师却并不同意，他们认为，美术学这个专业虽然能让学生在绘画艺术的领

第二章　靠"手艺"吃饭的人

域继续深造，但毕业后的工作问题不能不慎重考虑——美术学并不是一个好找工作或者能找好工作的专业（一般学这个专业的学生毕业后都只能做收入微薄的美术教师）。婷婷认为自己没有做老师应该有的耐心，所以没有考虑过从事教师这个行业。所以，尽管对美术学这个专业始终抱有期望，但为长远计，她还是选择"更容易找到好工作"的平面设计。

在此之前，婷婷从未接触过平面设计，整个高中学习美术的生涯中，她每天面对的，要么是石膏像，要么是水果和陶瓷静物，要么就是人体模特，一直都在跟水粉画、素描画以及速写打交道，"设计"一词，对她来说相当遥远。

大学第一节课，平面构成课程的老师给他们这群新生解释了平面设计的商业功用："平面设计是一门很有发展前景的专业，平面广告、封面设计、海报招贴……都要用到平面设计，它既是艺术也是商业，是艺术和商业的结合，对于你们这些有艺术追求但又要求高质量生活的年轻人来说，这是一个相当不错的选择。"

当老师说出这些话时，婷婷顿时有种"赚到了"的感觉。

在此，笔者有必要解释一下平面设计这个专业。平面设计，顾名思义就是"平面上的设计"，也称为"视觉传达设计"，属于视觉艺术，是一种通过符合美学定律的图形和文字来传达想法和信息的表现形式，字体排印、书籍装帧、招贴海报、名片、CI等都属于平面设计的范畴。很显然，相比长篇大论的枯燥文字，富有美感并且简单直接的设计作品更能在第一时间吸引人们的眼球，而在注重广告效应的商品经济社会，平面设计是不可或缺的一环。因而，"设计师"这一行业，也成为商品社会中不可或缺的"手艺人"。

婷婷母校的设计专业在国内是比较强的，在设计界口碑也很好，很多校友在国内知名设计大奖赛上拿过不错的名次，其中一名学长还在华人大学生最知名的设计比赛品牌"靳埭强设计奖"拿过高名次。婷婷在大学期间也参加过一些大大小小的比赛，虽然并未拿到什么名次，可那些绞尽脑汁构思创

婷婷做头发时和笔者谈笑风生

意的情景至今让她难以忘怀。

"那时候，老师经常会给我们一些比赛的信息，还鼓励我们多多参加这种比赛。然后，我和同学们就开始忙了，拿着笔在纸上涂涂抹抹、写写画画，一边乱写乱画一边构思。你也知道，设计需要的是创意，所以我们必须用大量时间来构思，虽然很费脑子，但是很有趣，当我们中的某一个想出一个好点子时，大家总是要高兴半天。真怀念那个时候啊！"

听婷婷这样动情地回想过去，我的想法却是：之所以怀念，是因为那时候做设计其实是在玩，是没有压力的，因为没有商业诉求——没有客户，何谈压力呢？

其实，就笔者所知的很多专业中，鲜有哪个专业的课程是像设计专业那么有趣的。大学里的专业课程可以分为"有趣"和"无趣"两种，比如之前我们看到的梁博的金融工程专业，因其特别强调理性、思辨、教条而略显"无趣"。但设计课不同。在学习设计专业的过程中，首先要温习和加强绘画技能，而这种绘画过程又没有艺术高考之前的功利性，所谓画，其实就是玩；然后还要进行一些平面和色彩方面的训练，比如在各色卡纸上填涂颜色，绘制创意图案，用各种不同的材质进行图形图像拼贴；后期还会开设摄影课，学习取景、构图，然后到户外采风摄影……通常情况下，老师们会大量选用世界知名画家、设计师、摄影师乃至于电影大师的作品当作课件，让学生通过观摩这些形形色色的作品来培养和提升审美情趣和设计能力。

对很多学生来说，设计课，确实是一个能让他们玩得很开心并且大开眼界的课程。

婷婷上的第一节课就让她从对设计一无所知向热爱这个专业发展。婷婷学习得很开心，设计对她而言就是一件很好玩的事，所以她从未担心毕业之后的工作问题。

人生四季
◎就业季◎

第一次工作

　　大三的时候，身边的同学都在纷纷找兼职，婷婷不甘人后，在网上找到一份平面设计实习生的工作。雇主是一家平面广告公司，主要业务是设计各类宣传海报。公司并不大，她进去之前有四个设计师，年纪都在三十五岁左右，工作时间都已经超过十年。婷婷的工作就是辅助其中一名设计师的工作，按照他的吩咐做一些力所能及的简单设计。那位设计师性格很好，他让婷婷叫他赵哥。

　　婷婷依旧很清楚地记得第一天的工作：极为清闲地看着赵哥做了一张某超市的促销海报，用的软件是她再熟悉不过的Coreldraw（一款矢量图形处理软件），这是他们必修的一门课。赵哥不但自己做，还很细致地给她讲解每个操作步骤，并且问她是不是弄懂了，是不是搞明白了，然后让婷婷自己模仿着做一套。婷婷轻车熟路，很快就按赵哥的方案做出来一幅自己的海报。赵哥很满意，说："你的软件熟练程度完全没问题，这是现在做设计师的最基本条件，以后我会慢慢交给你一些案子，让你慢慢锻炼，你要做好准备。"

　　兼职期间，婷婷的薪水是以天来计算的，每天七十元，这个数字在现在看来绝对不是高的，但对当时的婷婷来说已经相当不错了，至少她不用再张口跟家里要生活费，而且手里也有了一点儿余钱。

　　更重要的是，她的工作很轻松，因为赵哥是个喜欢亲力亲为的人，婷婷几乎没有独立完成过一个方案，每个方案都是在赵哥已经勾勒出一个框架的基础之上完成的。当其他也在做兼职的同学们都在抱怨工作内容复杂而困难的时候，婷婷却觉得她的工作简单得不像话。

　　婷婷在这家公司工作了大约半年。然而后来，业务量开始慢慢下滑，公司越来越不景气，最终到了几近倒闭的境地。

　　一天，赵哥找到婷婷，将一个装着三千元钱的信封交给她，说："公司现在效益不好，已经很难再运转下去，我们商量了一下，最终决定裁员，然后公司决定……你先暂时离开吧！也许这次离开是暂时的，等以后公司好起来，我们会给你打电话。"

当时婷婷半天才回过味儿来，半开玩笑半认真地说："赵哥，从现在开始，我就是个下岗职工了吗？"

赵哥有些不好意思，拍拍她的肩膀，说："你还年轻，还是个学生，会找到更好的工作的。"

接过钱，赵哥说现在就可以离开公司了，婷婷却没有当时就离开，而是坚持挨到下班时间才走。

事后想起，婷婷总结不出这次工作经历给她带来了什么特别的影响，似乎除了钱，没有什么跟以前不一样的。

几天后，婷婷又开始忙着找工作。

第二次工作：这就是你的设计方案吗？

对于第二份工作，婷婷增添了一份自信，这自信无疑是第一份工作经历所赋予的。

婷婷在网上发布了一则应聘启事，两天后就有电话打过来，一个温柔的女声说："我们是××工作室，承接各类设计业务，现在需要两位熟练的平面设计师，在网上看到你的简历，挺符合我们的招聘要求，请问你有意向做这份工作吗？"

电话里所说的这家设计工作室，婷婷之前就听说过，也在网上看过他们的作品，是实力相当强的公司。婷婷有些小激动，毕竟，能到更好的公司去上班是一个进步的不错选择。

"我什么时候可以去面试？"婷婷迫不及待地问。

"如果方便的话，今天下午你就可以过来。"

人生四季
◎就业季◎

婷婷急忙说："好！"

当天下午，婷婷到了那家公司，面试人员并没有问多余的问题，只是给她打开电脑，要求她为自己看过的一本书做一张封面。婷婷有些紧张，但她努力让自己安静下来，她想了想，自然而然地想起了自己所喜爱的日本作家东野圭吾，继而想起了他的名作《白夜行》。《白夜行》是一部推理小说，里面既有凄凉和无望的爱情，也有冷静而缜密的推理，在看过这部书的笔者看来，它确实是一部让人欲罢不能的小说。在这里，婷婷讨了个巧。她知道，对于很多读者来说，日本文学是很冷门的，而坐在她身边的女面试人员怎么看都不像是看过日本文学的人……于是，她将自己买的那本《白夜行》的封面融进自己的设计方案中——灰色的背景上，堆砌着纷乱的建筑物线条，遮挡住建筑物的，是手牵手的少男少女的剪影。

然后，她将文件导出，让面试人员看。

女面试员看了看，嘀咕了一声："《白夜行》……"然后打开浏览器，在搜索栏中敲上"白夜行"三个字。网页打开了，显示屏中出现了好多《白夜行》的书籍封面，其中就有婷婷的那部。婷婷不由得有些紧张，毕竟，她现在做出的这个方案和她买的那本相似度还是很大的，没想到面试员会来这一手！

面试员打开其中一张图片，和婷婷的对比了一下，笑了笑，然后说："你是借鉴了这张的吧？"

婷婷硬着头皮点点头，心想：完了，这下搞砸了！

面试员冲另外一间办公室喊了一声"王姐"，然后从里面出来一个三十多岁的女人。面试员让她看了看电脑上的封面，又让她看了看网页上的封面，然后似笑非笑地等待她的反应。王姐翻来覆去看了两遍，问婷婷："你能跟我讲讲这本书的内容吗？还有，你的设计思路是什么？"

婷婷想了想，说："这是一本推理小说，你也可以理解为侦探小说，讲的是一个为了保护自己而杀害很多人的故事。因为母亲和家里的雇工偷情，这个小男孩（指着封面上的少年剪影）便跑到外面玩耍，却无意中撞见父亲

第二章　靠"手艺"吃饭的人

伤害自己的好朋友（也就是封面上这个小女孩），十一岁的男孩一怒之下杀死了自己的父亲。之后，小女孩的母亲和"母亲的情人"也离奇死去了。你肯定以为故事就这么结束了，其实没有，多年以后，有人还在继续查着这个案子，而且已经开始怀疑到当年的小男孩和小女孩身上……小男孩和小女孩都是失去家庭幸福的人，为了不让自己的罪行公之于世，他们想尽一切办法把所有威胁到自己安全的人——亲人和朋友，全给杀掉了！"

面试人员和王姐显然被这个离奇的故事吸引了，她们听得津津有味，王姐还说："日本人的想象力真不是吹出来的！"然后又问婷婷："那你的设计思路是什么呢？能不能给我们讲一下？"

婷婷一看有戏，急忙搜肠刮肚地组织词语，然后有条不紊地说："我想表达的是一种孤独感和不安全感，这是这部小说的核心吧，至少我是这么认为的，所以我用了复杂的背景来反衬孤独的人物剪影，同时将小说的两个主人公放在显眼的位置。"

王姐听了，脸上露出赞许的神色："不错，你的思路很清晰，反应很灵敏，而且创意也还算可以，是个做设计师的料子。你什么时候可以来上班？"

能够成功应聘，婷婷感到有些意外，这算是一个大大的惊喜了。

初出茅庐的婷婷信心满满，决心在这家工作室大展宏图。

上班后的某一天，公司中的一位前辈和婷婷聊天，说自己做设计已经差不多十年了。婷婷肃然起敬，问他入行这么多年的体会是什么。那位设计师前辈意味深长地叹口气，然后说："设计行业水深得很，任何一位入行超过一年的设计师都清楚一点：设计师是一个一点儿不亚于'程序猿'这个物种的悲催职业！"

"程序猿"这个词婷婷是不陌生的，它主要是指程序编写员或程序设计员，婷婷经常能在网上各大论坛看到网友们对这个群体的调侃。她的意识中，这是一个晨昏颠倒、日夜不分的工作族群，她曾看到过一张关于"程序猿"的图片：几个男人形容憔悴，目光呆滞，黑眼圈尤为明显，既好笑又让人心

37

酸。

可是，前辈设计师这样定义设计师行业她就有些搞不懂了，从做设计以来，她一直都沉浸在一种清闲、轻松、有趣的工作氛围中，这样的工作环境和程序猿的工作环境似乎是天壤之别。她想：大部分受过专业训练的设计师都惯用夸张手段，这多半是他危言耸听罢了！

但很快，她就真正体会到了这个行业的苦楚，真正理解了前辈设计师所说的话。

一个月试用期满后，婷婷转正，工资从两千五涨到了三千。与此同时，她的工作内容也发生了变化：之前一个月的时间里，她的工作内容和以前差不多，就是在王姐指挥下做一些基本上不需要什么创意的图形处理；转正后，王姐就撒开手，让她独立处理接待客户并按照客户的要求完成设计的任务。

然后，婷婷很快就体会到那位前辈设计师所说那句话的深刻含义。

一次，设计室接到一个超市的单子，要做一系列招贴。王姐把这个任务交给了婷婷。婷婷接待了客户，经过短暂的交谈，她大致了解了客户的诉求，然后通过实景照片知道了超市的装潢风格，这是她确定设计风格的另外一个重要依据。

两天后，客户来看样稿，婷婷拿出自己两个晚上加班才做出来的一套方案给他，信心满满的她本以为自己会获得赞许，却不想客户一看就脸色暗沉下来："怎么，这就是你的设计方案吗？"

说到这时，婷婷看看我，长嘘一口气，似乎心有余悸："至今我都记得那位客户几乎是狰狞的面孔，太可怕了！怎么说我也是个女生嘛，可他竟然一点儿面子也不给，不但不给面子还指责我的设计方案，态度还那么恶劣！"我哑然失笑，调侃道："不懂得怜香惜玉的人太多了，你不跟他一般见识就是了。"

当时的婷婷还没有这么敢说敢闯，惊魂未定的她先是愣了一下，而后急忙道歉，解释说："可能是我没有领会您的意思，您有什么意见，告诉我，我可以改。"

客户不依不饶，说："我虽然不是学设计的，可是多少我也是懂得一点儿的！我看你的方案没有再改的必要了，效果真的是太差了！你是不是新来的？"

这句话戳到婷婷的软肋了，来到这里才一个半月，是不敢自称"老员工"的，她委屈而又无奈地点点头。

客户更加来劲儿了，坐下来，气呼呼地命令道："请你把你们设计总监叫来！"

婷婷急忙跑去请王姐。王姐端着一杯水来到客户身边，好言相劝，说会尽最大努力将方案做好，但客户一再声称他们超市用得急，王姐只好答应他今天加班，明天一定会赶做出来，客户这才气呼呼地离开了设计室，他甚至看都没看几乎要哭出来的婷婷一眼。

客户走后，王姐又看了看婷婷的方案，摇摇头，然后说："你知道你最大的问题在哪里吗？"

婷婷摇头。

王姐说："其实你犯的毛病是所有设计师新人的通病，总是喜欢把个人风格带到商业活动的设计中来，但这样很难让我们的客户买账，再优美、再有设计感，不能表现客户最主要的诉求，也是白费工夫。你看看你的方案，颜色搭配和构图都没什么问题，单纯地以一幅图案来看，是相当漂亮的，你最大的问题就是文字部分——他们超市是做活动搞促销的，侧重点就是他们的价格，你只要让这些占据画面的图案给价格文字让路，然后加大、加粗字体，表现出东西卖得便宜就够了！"

婷婷心有不甘："可是我觉得那样真的又丑又俗嘛……"

王姐说："慢慢你就会知道，不是所有的客户都拥有像你这样的审美情趣，也不是所有美的设计就能获得更好的效益。"

婷婷脱口而出："那我们身为设计师就应该引导他们的审美嘛，不然我们的设计不是白学了嘛！"

人生四季
◎就业季◎

王姐感到有些不可思议，讶异地说："你以为一个小小的设计师能有这么大作用？你太高估我们这个行业了！慢慢你就会知道，我们和外面那些'扁担'（武汉用扁担帮人搬运货物的职业）唯一的区别就是工作地点的不同！"

婷婷一听王姐这样说，到底有些难以接受，说："可是……我在电视上看到的那些设计师都挺风光的嘛，我们虽然赶不上他们，可是也不会太差吧！"

王姐哑然失笑："你呀你，到底是年轻！你看韩剧中到处都是香车洋房、俊男美女，可真实情况呢——你去过韩国吗？除了他们的首都首尔，大部分城市和咱们这边的县城差不多，香车不多，帅哥和美女更稀少！"

婷婷无言以对。

王姐又看了一眼婷婷的设计，说："你把颜色全都换成另外一种色调，字体加大，图案减少，让他们的价格明显起来。改改吧，今天务必做出来，这是个老主顾了，必须要让他满意。"

婷婷满心委屈，虽然不尽认同王姐的话，但还是按照王姐的要求做了。

当天下午，婷婷把做好的样稿发给了那个客户，那客户看过之后，发来一句话：没什么改变呀！你到底会不会做？

婷婷的心当时就凉了一大截。

半个小时后，那个客户赶到了公司，脸色阴沉，和婷婷说话的时候言语冰冷生硬，婷婷虽然满心委屈可还得佯装热心地仔细接待。然而，接下来发生的事，让婷婷感到自己受到莫大的侮辱。

那客户把椅子搬到婷婷电脑前，一屁股坐下来，说："来，要怎么做，我告诉你！"

婷婷吃惊地望着客户。

客户不高兴："你这设计师怎么回事，是不是没听懂我的话呀？我的意思是你操作你的软件，按照我的吩咐来完成这个海报！"

婷婷虽然感觉难以接受，但还是乖乖地新建了一个文件。

然后，在客户的指挥下，婷婷填涂颜色、选择图形、调整字体……一点一点地完成了海报。

这时，客户得意洋洋地说："怎么样，效果不错吧？我只是不会操作你们的软件而已！你们的工作那么简单，你还做不好，太不应该。"

婷婷看着眼前大红大绿的色彩、庸俗不堪的图形，无限委屈，且心有不甘，可是也没敢吐出自己心中的不满，她害怕节外生枝，她只想尽快结束这个痛苦的煎熬。经过这一番折腾，她身心俱疲。

质疑自己的能力

随着接触到的客户越来越多，婷婷也越来越深刻地体会到自己的"不适应"。

这种不适应主要体现在以下三个方面：

首先，工作时间比较紧张，休假很少，加班是常事。婷婷工作的第一家公司业务量相对小，兼之担当角色不太重要，所以略显清闲。而现在所在的设计室业务繁忙，且因为设计业务比较零散，不能像很多产品那样"量产"，所以经常出现全公司员工加班到深夜的情况，而且每月只有两天节假日，还是在不耽误现有工作的前提之下才准许放行的。

其次，面对很多客户的要求甚至刁难，压力颇大。设计属于服务行业，和客户之间的沟通在所难免——事实上，和客户沟通是设计过程中至关重要的环节，但这恰恰是婷婷的弱项，婷婷坦言自己可以和同龄人天南海北地畅所欲言，但与比自己年长的人沟通起来比较困难，有种抵触心理；而且很多客户也不知什么原因，经常故意刁难设计师，提出各种让人啼笑皆非的要求，发出让人尴尬不已的指责……这给婷婷带来很多苦恼。

第三，也是最重要的一条：婷婷越来越感觉自己能力不足，设计这个工作越来越难以驾驭。以前做自己喜欢的设计，是充满享受的过程，可渐渐地她发现自己越来越不喜欢设计，甚至开始恐惧这个工作，有时任务分配下来，眼睛盯着电脑，脑子里却是一片空白，有时她会习惯性地把一些设计画册放在桌子上随时翻阅以求灵感，但多数情况下这也无济于事，她不知道自己应该从何下手，也不知道自己是不是从下手的第一步就已经开始错了……婷婷意识到，自己的水平其实跟行业要求是有差距的。

这样过了一段时间之后，婷婷的业绩并不明显，而且经常接到客户的投诉，好心的王姐虽然在她和客户之间以及她和设计室老板之间几经斡旋，但最终还是没能"免除我的死刑"（婷婷语），在转正仅仅四个月后，婷婷被辞退了。

她清楚地记得王姐那天说的话："你的动手能力是有的，该有的思维也是有的，只是你不能把你的设计思维和商业活动很好地结合在一起。其实，在中国，一名合格的设计师不但要有设计能力，还要有'变通'能力，而你缺少的就是这种变通能力。"

这次被辞退真正让婷婷体会到了妈妈的恐惧感。以前妈妈在他们县城的一个纺织厂上班，后来纺织厂倒闭，妈妈失业了，成为了婷婷经常在刊物上和电视上看到的"下岗职工"，那段时间她经常看到妈妈的眼睛是湿润的，几乎每天都在偷偷落泪。她已经不再向家里要生活费，但这次被辞退让她产生了极强的挫败感与恐惧感。

"那段时间我真的是吓坏了。一直以来，我都相信自己的能力，也热爱自己的工作，我从没想过自己会因为设计能力不足而被辞退！我甚至感觉自己失去了唯一生存下去的机会，不知道怎么办才好，也不敢跟家里打电话，只能去找要好的朋友，在她那里大哭一场。

"从那天开始，我知道了世界上很多事情并没有想象中的那么简单，或许这就是我经常听闻的'复杂的社会'吧！"

"祖师爷不赏这碗饭！"

恰好这时婷婷的堂哥结婚，需要她回家按照老家风俗去接新娘，婷婷在家待了几天，并没有告诉妈妈自己被辞退的事情，只说公司不太忙，所以多

第二章　靠"手艺"吃饭的人

请了几天假。妈妈也并未怀疑。

之后，婷婷又在网上发了几份求职书，然后被我当时所在的公司看到，并且成功地通过了面试。

于是，我和婷婷成了同事。

这段工作经历让我和婷婷成为了相当要好的朋友，也让我对她有了一个比较充分的认识和了解。婷婷热情、开朗、勤劳，有些男孩子气，有她在，基本上我们一个办公室的男设计师都不用打扫卫生；至于她的业务能力，平心而论，是有些"学生气"的，而且她无论接到什么案子都用同一种风格，做电器那样，做食品也那样，做连锁美发还是那样，一成不变，缺乏对于设计来说很重要的灵活性与创新性。

这次短暂的共处后，婷婷离开了公司，去了云南，落脚在大理。

她之所以去大理，有两个原因：一是自己从初中时代就通过风景画报喜欢上了大理，二是在大理的表哥对她发出了盛情邀请——已经在大理安家的表哥认为那里的工作环境相当不错。

婷婷刚到大理时，住在表哥家，表嫂的一个亲戚是开设计公司的，于是婷婷一到大理就进了表嫂亲戚家的设计公司。

我已经知道这次工作经历的最终结果，但其间具体发生了什么事我却一无所知，所以我颇为急切地问婷婷。婷婷淡淡地说了一句："其他的理由都是假的，自己没本事才是真的！"

婷婷坦言，初来大理的几个月，她更加充分地认识到自己不适合做设计，"很多事情，不是通过锻炼和学习就能成功的，尤其像设计这种强调创造性思维的工作。"

大理的优美风景并没有让婷婷的思维变得灵敏，她依然是经常对着电脑屏幕发呆，脑袋里一片空白，很多时候同事已经做完了两三个案子而她还没有起稿。因为和老板有亲戚关系，所以她很少受到来自领导层的指责，但没有指责恰恰是最严厉的指责。月底拿工资时，婷婷甚至不好意思，她自知在

43

人生四季
◎ 就业季 ◎

过去的一个月里,她只拖拖拉拉地完成了零零星星几个小案子,如数拿到工资她感到愧疚。

当然,最让婷婷感到苦恼的还是自己的设计能力,用她自己的话说就是:"那感觉简直是江河日下!"她已经明显感觉到,设计这碗饭,她真的吃不下去了。

在大理做设计的第三个月,婷婷忽然痛下决心,放弃她的设计。

而促使她做出这一决定的,是一部电视剧中的一个场景。

婷婷喜欢看韩剧,经常在网上观看各种制作精美的韩国电视剧,其中唯美浪漫又充满正能量的《大长今》是她的最爱。在备感孤独无助的时候,婷婷喜欢找出《大长今》细致地观看。一次,这样的剧情忽然引起了她的注意——女主人公长今因为试吃有毒性的肉豆蔻而失去味觉,从而面临着不能继续做菜的危机,并有被逐出御膳厨房的危险,她为此而痛苦不已,伤心欲绝。深爱着她的男主人公闵政浩为了安慰长今,邀她出来,讲了这样一个故事:唐朝时,中国有位伟大的乐工,他弹奏的曲子十分优美,但后来耳朵却因故失聪,整个世界完全无声,他痛苦至极。为了治好耳疾,他遍访天下名医,尝尽各种药物,许多年后,依旧没有治好耳疾,可是他却因此而成为精通医药的大夫,并治好了很多疾病缠身的病人……晚年,他再一次拿起乐器,弹奏起当年的曲子,虽然自己听不到,可是人们都说,那是天籁之音,无人能及。

以前没怎么注意这一段,可能是因为现在正在经历类似情形,所以再看这个情节一下子就被触动了。婷婷感觉自己和长今很像,闵政浩讲的故事对她也很有启发:上帝关闭了一扇门,总会再打开一扇窗。她觉得与其在做设计的道路上苟延残喘,还不如尽早做个决断。

最终,婷婷找到表哥,表明了自己放弃设计行业的态度。

表哥一听,很是惊讶:"你大学学的就是设计,而且已经做了好久了,忽然做其他的,一来难以很快上手,二来对你的一技之长也是一种浪费啊!"

第二章　靠"手艺"吃饭的人

婷婷随即脱口而出："我没有一技之长。"看着表哥一头雾水的样子，婷婷又说："我越来越发现自己能力不够，大学所学的课程基本上没有什么用，或许有用我也用不着，工作的时候，我总是做不来。怎么说呢——可能是祖师爷不赏这碗饭吧！"

表哥说："水平不好可以学啊！网上那么多教程，你也可以报培训班去学习提高。"

婷婷无奈地说："没用的，设计和文学、美术一样，不是你想学就能成功的，我已经做了那么久，已经对自己死心了。"

表哥没有办法，只好答应婷婷，带她进入他所从事的POS机销售这个行业。

婷婷讲到这里时，我自然而然地想知道她现在所从事的销售行业境况如何，她没有直接回答我，只是鬼鬼地笑了笑。我能分明地感觉到她不想谈这个话题，于是便没有继续追问。这时，婷婷忽然想起什么似的，说："我是个半瓶子醋，业务不行，可是我认识的一个同事，专业技能很强，参加过平面设计大赛，成绩都不错的，相当牛，和我同一年毕业的，可是一直到现在工作也不稳定。他现在还在大理，以前和我在同一家公司，我辞职后不久他也辞职了。"

婷婷的话立刻引起我的兴趣，急忙说想听他的故事。

婷婷笑了笑，先是嘲讽了我一句"你真像个无孔不入的小报记者"，然后开始讲述一个与她截然相反的事例。

恃才傲物是病，得治！

婷婷所说的这位同事陈骏（化名），毕业于湖北某大学，和婷婷有着差不多的生活经历：热爱画画，成绩优秀，学生时代的画作即经常获奖，后来在家长要求下报考了平面设计专业，理由同样是"好找工作"。

但是，与婷婷不同的是，陈骏不但在校期间就表现出卓越的设计能力，

如今婷婷已经做了妈妈

第二章　靠"手艺"吃饭的人

而且毕业后的设计水平也是突飞猛进,以至于他在很多客户眼中意味着"高端、大气、上档次",很多人去他所在的公司就是冲着他去的。

而这种优秀也恰恰成为陈骏的问题所在。

婷婷初到公司时,发现陈骏是设计师团队中的大神级人物,做设计不但快而且每每都能让客户满意。于是,心怀敬仰之情的婷婷经常向他请教问题,但慢慢她就发现,陈骏的性子有些急躁,有时他解释一个问题自己一下子没搞明白,再追问,就会让陈骏不耐烦,甚至是把他惹怒,以至于会说出"没见过你这么笨的人"之类的话……慢慢地,婷婷就了解到,业务能力超强的陈骏是公司里有名的"刺儿头",别人轻易不敢惹的,就连公司领导见了他都要礼让三分。

婷婷说:"我自己的问题是处理不好自己和客户之间的关系,主要原因呢,就是我的能力达不到人家的要求,所以人家经常指责我的设计作品不够好。而陈骏的问题和我不一样,没有一个客户说他不好,可他的问题在于,他处理不好和领导、同事的关系。"

但是,也有很多时候,陈骏的心情会忽然变得很好,或者是在吃饭时,或者是在工作的间隙,和同事们一起谈天说地,而且非常善于调动现场气氛,经常能用各种插科打诨逗得大家哄堂大笑。一次吃饭时,陈骏心情不错,和同事有说有笑,一位同事问陈骏为什么会从湖北来到大理,陈骏的回答却让婷婷瞠目结舌。

原来,陈骏还没毕业的时候,就有几家公司打电话聘请他,并保证会给他优厚待遇。陈骏去外地玩了两天,回来后就去那几家给他打电话的公司看了看,主要目的是考察他们的工作环境。最终,陈骏选择了一家相比其他几家规模并不算大的设计公司,最主要的原因是这家公司有一个大大的凉台,而且凉台上桌、椅、遮阳伞一应俱全,陈骏喜欢这种环境。陈骏在这家公司做了大约半年,因为工作效率高,所以他比其他同事有更多的空闲时间,有时候心情好,他会给还没完成工作的同事帮帮忙,但更多时候,他会选择跑

人生四季
◎ 就业季 ◎

到凉台上去放松，躺倒在遮阳伞下，一边喝咖啡一边听音乐。

久而久之，公司里对他这种行为的微词越来越多，一些上司也时常敲打他，示意他不要太招摇，但他们给陈骏的唯一感觉就是好笑，虽被劝告过很多次，但是他皆不为所动。

一次，他正在凉台上玩手机，公司某中层领导找到他，颇为严厉地说："别的人都在累死累活，你在这里享清福不太合适吧！"

陈骏遂说："我的工作已经做完了，设计发给客户了，人家挺满意。"

公司领导说："那你就再找点儿事做。"

陈骏笑了笑："我这不是找到事情做了，正在上网查资料啊！"

公司领导又说："你的事情做完了，就应该去帮帮其他同事。"

陈骏有些不高兴："我的职责就是完成分配给我的任务，我的都做完了，帮同事完成他们的任务，合同上没有这一条吧！"

公司领导被顶撞得哑口无言，气呼呼地走了。

然而，到了月底结工资的时候，陈骏却发现自己少了五百。去问财务，财务说是那位领导的意思。陈骏大怒，于是去问那位领导，那位领导轻描淡写地说："你在工作期间随意旷工，纪律极为散漫，我让财务扣你五百块钱，算是对你的惩罚。"

陈骏当时就火冒三丈，跟那位领导据理力争。声音越来越大，同事们急忙来劝架，但那位领导也不甘示弱，两个人越吵越凶，最终还是总经理闻讯而来才让他们停止了争吵。

总经理了解过情况后，即令财务室补发陈骏被扣掉的工资。

当天晚上，陈骏往总经理的邮箱里发了一封辞职信，然后买了一张去大理的飞机票，在大理悠哉游哉地玩了半个月，其间公司一个劲儿打电话，都被他粗暴地挂掉了。

从大理回来后，他又给另外一家设计公司投递了简历，那家公司知道陈骏其人，二话不说就通过了。

第二章 靠"手艺"吃饭的人

然而，在这家公司待了三个月后，陈骏再次和公司领导发生争执，一怒之下，他没请假就跑到了大理，痛痛快快玩了四天后才回公司。

陈骏原本做好了迎接大动干戈的准备，没想到公司领导只是批评了他几句，当晚还请所有员工去唱歌，这让陈骏有些感动。

但仅仅半个月后，陈骏再一次和领导争吵起来，他从部门经理办公室出来后，感觉自己应该会被开除，于是，"为了保住我的尊严"，他翻出之前那封辞职信，修改了称谓和日期，发给了总经理，然后，当月工资也没要就离开了公司。

接下来的一年多时间，陈骏在武汉还有两次跳槽经历，一次坚持了七个月，一次坚持了两个月，这让他身心俱疲，最终，"我已经彻底厌倦了这个无聊透顶的城市，于是我买了去大理的机票，然后头也不回地离开武汉，直奔我向往已久的大理！"

这就是陈骏来大理的前因后果。

对于自己的做法，陈骏在自己的博客上有这样一套理论支撑：战国时代，百家争鸣，孟子、墨子、苏秦、张仪等这些"士"，这些"读书人"，他们选择周游列国，慷慨激昂，甚至面对统治者而颐指气使。他们之所以有这种"此处不留爷自有留爷处"的孤胆和豪放，就是因为他们抓住了时代机遇，以自身才能作为和统治者"谈条件"的筹码。现代很多人选择不再倚靠"大树底下好乘凉"，他们深知，依附于"体制"和"大企业"是行不通的，因为很多企业可能还坚持不到你月底结工资就倒闭了，包括政府。所有的"大树"都有可能成为泡沫，只有求生本能和职业技能过硬才是你走遍天下的不变法则。

婷婷将这段话拿给我看，我有两个感觉：挺有道理的，可陈骏其实很有可能成为这种理论的受害者。

最后，婷婷告诉我，陈骏和她一起工作的公司，是陈骏在大理的第三站。

然后，婷婷笑着问我："你怎么评价这个大神一样的人呢？"

我想了想，说："恃才傲物是病，得治！"

第三章　互联网时代的新出路

好的开端

张杰现在的工作和他儿时的生活环境是分不开的。

85后的他出生在鲁西一个小山村，父母除了是普通农民外还有个在那个年纪的小伙伴们看来"很不普通"的职业——小卖部老板。

打从记事起，张杰就整天在店里转悠，给妈妈打下手，帮着卖东西。他对钱和数字的概念比一般孩子了解得早，也敏感许多。用他自己的话来说，就是别人家小孩还分不清一毛和五分到底谁大的时候，他已经能算十块以内的加减法了。

尽管家里的小卖部在张杰上中学的时候便关掉了，但耳濡目染，在他心里对"做生意"的兴趣却丝毫没有减弱，反而越积越强。

2003年，张杰考入山东经济学院电子商务专业。

专业是他自己选的，偶然看到过同学在易趣网上购物，方便快捷，他隐约意识到互联网的发展对商务模式肯定会有很大影响。

"当时的我以为自己挺有前瞻性，后来才知道比我有前瞻性的人更多，还没进入大学的那个5月，淘宝网就已经在杭州成立了。"

当然，这些对一个准大学生对未来的希冀和憧憬并没有什么影响。9月，张杰开始了他崭新的大学生活。

寒门学子，功课之余最重要的事情大概就是兼职了。张杰也不例外，大学期间他陆陆续续做过不少兼职，从大一什么都不懂只能在学校餐厅打工收盘子，到后来当家教、发传单，也去商场做促销卖过电器。他最喜欢、做得最开心最长的要数摆地摊儿。利用周末时间去石家庄小商品市场进货，发夹、项链、耳环之类的小饰品，晚上在学校旁边的路上出摊儿。

地摊儿彻底唤醒了张杰儿时起对"做生意"的热情和向往。价低，嘴甜，脑子灵，小生意被他做得像模像样，每天利润少说也有五六十。

存钱买了电脑之后，他开始接触淘宝，试着从网上买东西。

大三开学后他决定正式把自己卖小饰品的"业务"转移到淘宝，做网店。由于没经验没技术，一开始只能是花钱请人帮他拍照、处理图片，钱也有的赚，但是投入也不少，一来一去基本剩不下什么。

认真考虑之后，张杰给自己报了培训班，利用业余时间学习PS，又买了一台卡片相机，从此正式开始了他淘宝店主的"职业生涯"。

先人一步

大学生活最后一年，同学们忙着递简历找实习单位的时候，张杰却选择稳坐宿舍。网络购物平台的迅速发展使得他店铺的生意一直不错，最好的时候每天能卖掉三四百元的货。

当然，张杰的这种"自我就业"是有些不被看好的，不然宿舍也不会空空荡荡只剩他一个人。大学四年，大多数人还是想找个"稳定工作""体面工作"作为自己学生生涯的总结。

古人读书，讲的是"书中自有黄金屋，书中自有颜如玉"。而我们这一代，永远被教育要好好学习，将来找个"好工作"。

略带"堕落"和"功利"的期许，却真真是我们的亲友前辈们在与生活的贴身肉搏中得到的"真经"。

好工作。

人生四季
◎就业季◎

对于这三个字的期许，一万个人眼中有一万个"哈姆雷特"。

适合自己职业生涯发展，薪酬得到自己满意，工作行业有发展前景，工作中得到发挥。

一不影响生活休息，二不影响家庭团聚，三能养家糊口。

钱多，事儿少，离家近。

人往高处走，水往低处流。

有前途，更有钱途。

需要一份工作的人们都曾有过这样的梦想，然而张杰和他的同学们却是这些人中最没有资格做梦的"阶层"——应届毕业生，农家子弟。

网上有个帖子，楼主刚毕业的表弟问他什么才是好工作。

"工资低，时间长，同事之间尔虞我诈相互推卸责任，争着揽功，客户个个是老狐狸，合作单位不守合同信用经常出尔反尔，上司拼命地想办法压低你的收入和扣钱，业绩不行就要立马走人，除了日常的琐碎事还经常要面对一些突发性难题的工作于我来说就是一份好工作。"

幸运的是张杰从一开始就避免了将自己陷入这样的尴尬境地。倒不是他的"前瞻性"又一次起了作用，而是日日有进账生活逐渐滋润的他又恰巧陷在了爱河里。

经常守在电脑旁的张杰偶然在网上遇到正在北京读书的初中时的学妹。网络的零距离让两人有种"他乡遇故知"的感觉，此后便经常通过社交软件聊天联系。

印象中小静一直是个秀气文静的女孩子，梳着长马尾，刘海齐眉。几年不见，网络中的小静开朗活泼，天南海北，天文地理，吃的玩的什么都能聊得风生水起，张杰平静如白开水的生活中不禁泛起一丝丝涟漪。对网络购物的熟悉使他经常可以将淘到的一些小静喜欢的东西直接快递到她手里。小静很开心，他也开心，两颗心开始默默地靠近。

2007年春天，张杰坐了几个小时的火车去见小静。那是他第一次来到北京，走出站台时触目所及都是人，行色匆匆不知道正在奔向什么样的前程。

"你在干吗呢？"他转头，看到小静笑吟吟地站在他身后。

"哦，没干吗，想拍风景呢，人太多了，拍的都是人。"

他将手里的相机递过去，跟她肩并肩，融入人海。

人多、车多、路多，是张杰对这座城市的第一印象。后来，他曾很多次想回忆起当时的感觉，车水马龙逐渐褪色，印在脑海的只剩下奇怪的两个字——诱惑！

这城市像一盏明亮而灼热的烛火，它立在那里始终一动不动，却能让无数飞蛾从四面八方拥来，奋不顾身地扑上去。一如那时的他，面对"诱惑"，内心满是光明与渴望。

张杰决心对小静表白。北京西站的候车室里，面临分别了，他默默深呼吸了几次还是没勇气去握住她的正剥橘子的手，酝酿了好几天的一句"做我女朋友好吗？"变成非常突兀的"我们，交往，可以吗？"

想不到小静竟然干净利落地回答"可以"，他有些愣神地看着她。两秒之后小静惊觉他们谈论的是怎样的问题，慌乱地抬头，撞进他的目光里。

张杰恋爱了。尽管是异地恋，但他和小静都是学生，上课之余有着大把的时间通过网络相聚，倒也过得甜蜜蜜。

互联网的便利，不仅让"电子商务"这个专业在张杰身上由抽象变为具体，还帮他找到了人生知己，淘宝店铺的不断盈利也让他的生活越来越好。

一年以后，毕业季来临。混合了酸楚、浮躁而又人心惶惶的年纪里，张杰的心反而越发平静。他没打算找工作，也不准备回老家去。他要去北京，和小静在一起。他要自己创业，爱情事业都要被自己攥在手里。

相聚的期待将离别的不舍全都融入酒里。最后一夜，大家醉眼蒙眬，不知所云。

第二天一早，各奔东西。

北京！北京！

张杰将自己的"战场"转移到北京。

没想到淘宝店铺的生意越做越顺，一个人根本忙不过来。小静毕业后在他的劝说下也没有找工作，而是和他一起打理店铺。

那段时间是他们过得最开心，也是生意最好的时光。尽管每天睁开眼睛就开始忙，整理货物，回复咨询，然后又是整理货物，不停地回复咨询，包装，发快递。每天如此，没有穷尽。有时候连饭都顾不上吃，一碗泡面能从中饭留到晚饭。凌晨两点以前没有睡过觉，就连睡着了做梦也在卖东西。但对于一个刚毕业的大学生来说，这样的状态，紧张、忙碌却是最真实的充实，又是两个相爱的人在一起并肩战斗。当然，每月七八千的进账是他那些初出茅庐刚进入企业的同学所不能比的。

工作自由，赚钱又多，张杰成了朋友们艳羡的对象。他们租住的小公寓成为各路来北京发展、旅游的同学们投奔的"招待所"，他还主动承担起"饭票"的职务，想吃啥吃啥，想吃住几天吃住几天，请客从来不带犹豫的。

花钱的感觉会让人上瘾。

张杰不是"暴发户"，也算不上"成功"，但是如果你有过去超市兜兜转转老半天最后却只买几包最便宜的方便面的经历，应该就能明白"把钱花出去"也是一种"本事"。小静年轻漂亮，也懂时尚懂流行，懂得爱自己让自己美美的。她"牺牲"了自己的梦想来帮助他的"事业"，生活上他总想着要尽力给她最好的，只要小静想要，他从未吝啬过。

转眼到了2009年。张杰和小静渐渐掌握了生活的节奏，尽管网店的生意依旧忙碌，稍有闲暇时两人也会一块儿去小花园散步，逛超市采购生活用品。有时也会任性地"休业"一天，去看场电影，去高级餐厅吃顿大餐。

一切是那么美满，那时的他们还从没好好想过"以后"会怎样，因为没

张杰正在配货

时间，也懒得去浪费时间想将来会怎样。身体的疲累被偶尔的放松唬住，反而越累越兴奋，越觉得前途一片光明。

这种"兴奋"到达极致是伴随着张杰父母的到来。

为人子女当然想让父母感受到自己的"顺利"和"成功"。一星期时间，张杰给父母安排了每一天都不重样的日程。带他们逛景点、吃小吃，给他们买衣服、鞋子，对于父母他是有所亏欠的，虽不能陪在二老身边尽孝但是他想让他们知道，儿子过得很好，想让他们放心。

父母在身边的那种与生俱来的安全感让他觉得自己又变回了当初那个小孩子，有了无忧无虑、可以撒娇耍赖的权利。更让他欣慰的是小静的善良懂事，与父母相处融洽很得他们喜欢。那一刻，他才感觉这样的"轻松"原来最真实。

狂欢过后格外寂寥。父母回去了，仿佛也带走了张杰的能量和热情，他忽然觉得不习惯，不适应，毫无缘由。在那之后的两三个月里，他开始认真思考"以后"，他和小静的"以后"。

张杰的"反常"被小静看在眼里，她什么都没说，照常打理店铺生意，照顾两人日常生活。她对他有信心，知道等他想明白了自然会告诉自己。

求婚是很平淡的。几天后的饭桌上，张杰将碗凑到嘴边掩饰着内心的紧张，貌似不经意地说起："我们结婚吧。"

"好。"小静没有停下手里的筷子，心里却忍不住地懊恼，为什么每到该"矫情"的时刻自己总会一秒变成"女汉子"。

"是默契吧，默契让我们都成为了更加成熟的自己。"

这年春节，张杰和小静都没有回家，而是把双方的父母都请到北京一块儿过年，"顺便"商量一下他们的婚事。

离开北京是两家长辈共同的提议。张杰和小静点头同意的同时又互相惊讶于对方的同意。

原来你早就想离开北京。

为什么你想离开北京？

小静："不知道呢，北京很好，也很大，大到很容易就让人觉得自己低如尘埃。"

张杰："漂泊感吧，人们从五湖四海赶来，都是来挣钱的，而不是来享受生活的。按理说挣钱哪有个够，不知道为什么越挣钱越有种'脚下没根儿'的感觉，越觉得心虚得很。"

父母们赶着回去给长辈拜年，初一大家一起逛了庙会，第二天他们就上了回程的火车。因为父母的到来，加上过年快递公司基本都放假了，张杰的淘宝店铺休业了一段时间。

既然决定好了要离开，年后他和小静开始整理货物，盘点库存，联系厂家，同时退掉了租住的公寓，收拾将行李打包。

这些用去他们不少的时间，差不多一个月后，张杰和小静终于踏上回家的旅程。

如何归于平淡

回到山东老家，两家人便一刻不停地忙碌起结婚的事。之前张杰和小静的存款一直是在一起的，在北京时他们存了些钱，决定拿出一部分贷款买套房子。父母听说后怕他们以后生活拮据，也资助了一部分。

房子有了，置办家具、装修和一些杂七杂八的款项他们坚持要自己付，于是，存款又减少了一部分。不过小两口也算终于有了自己的家。

老人的意思婚礼一定要"大办"。父母为了自己的儿女，他们很愿意倾其所有。6月初的一个好日子，在镇上最好的酒店里张杰风风光光将小静迎娶进门。

婚后，小两口决定继续经营淘宝店铺。有了经验一切都不是问题，他们重新联系了货源，也跟当地物流谈妥了价格。一番准备之后店铺重新开张。

人生四季
◎ 就业季 ◎

网上开店不同于实体店铺，不存在选址之类的风险，网络没有国界地域，因为有之前店铺积累的信誉，加上开通"直通车"之类引流推广的服务，生意一天比一天好起来。两人又开始每天睁开眼睛就整理货物、回复咨询、包装、发快递，然后又是整理货物、不停地回复咨询、包装、发快递。两人都认为，这就是生活，这就是他们的人生。

一年以后小静怀孕了。除了两家老人高兴得合不拢嘴，张杰更是宣布要一个人承包店铺所有的活，他对小静说，你只要歇着就好，一切有我。

小静当然舍不得将一切都压到丈夫身上，她对张杰说，医生让她多运动，对胎儿有好处。除了每天早睡之外也尽量不停下手边的活。

"照这样的速度发展下去明年买辆汽车应该没问题。"张杰乐观地想象着小静和孩子坐在车里的画面，一家三口其乐融融。

然而他们的生意却越来越差。到2012年年底，小静挺着足月的肚子已经再也不能帮上什么忙。而张杰并没有因为小静的"袖手"而变得异常忙碌，比起整天忙着准备婴儿用品的妻子，他反而显得更加清闲。

那个时候网络购物已经发展得非常成熟，电商行业不断崛起，彼此间残酷竞争。淘宝店铺可以算是零门槛了，加上没有房租杂费等费用，所以开店的成本非常低。一大批批发代发网站被人所熟悉，很多新开的店铺根本不用自己进货，甚至连发货都不用自己完成，只要每天将接受的订单转而下到另一个网站上，自然有人将货物寄出，你只需要转身自己填一下快递单号而已。

据不完全统计，到2012年，淘宝开店的总人数已高达二百多万。这样看来，张杰夫妻的生意日渐衰落似乎是必然趋势。

钱越赚越少，而花钱的人却在增多。"冲突"的出现也成为"必然"。

年底，儿子琪琪降生，给这个小家庭带来喜悦的同时也让初为人母的小静第一次尝到何为"两难"。

公婆身体都不是很好，家里又有农田需要照料，自己父母距离也比较远。而且她从来都认为老人给看孩子是老人为了子女额外的付出，他们应该感激，不给看孩子也没什么，老人家没这个义务。加上她和张杰两人又都是在家里"工作"，方便照应，小静就决定自己带孩子。可这样一来，店铺的生意就算她想帮忙也是心有余而力不足了。

小静觉得自己是理解张杰的，他日常除了打理店铺还要分担大部分家务，也要帮忙带孩子。他很累，所以有时候说话会带些情绪是可以原谅的。可当自己一晚上起来好几次又是喂奶又是哄孩子睡觉，而他却在一边呼呼大睡的时候，小静又感觉自己不被理解，觉得委屈。没生孩子之前张杰对她很好的，早上牙膏挤好，早饭盛好，稍微有点儿头疼脑热就心急得不行，比对他自己还上心。现在呢，连给她倒一杯水都要啰唆几句。

生意仍然没有起色，日子过得紧巴巴，在孩子的问题上夫妻二人却是有着完全默契的。自己怎样都可以，就是不能委屈了孩子。

进口奶粉、湿巾、尿不湿，这些快速消费品让小静不得不一次又一次动用他们已经为数不多的固定存款。老人来看孙子也会偷偷塞钱给她，小静都没有接受。老人为子女做的已经够多了，农村家庭，一场婚事下来能够不欠外债已经是很不错的事情了，他们哪里还有余钱接济自己。

汽车一直没买成，还有房贷要还，张杰整天想着怎样多挣钱。他从来不认为自己是个没有能力的人，可想到将来孩子要上学、要结婚生子，想到老人年事已高万一生病，哪儿哪儿都需要用钱的压力和对比别人的心理落差让他经常感觉自己被压得喘不上气。

张杰觉得小静变了，不温柔了，也不再善解人意，她的心思只在孩子身上，越来越懒得搭理自己。她总是叫自己冷静冷静，她不想争吵，怕吓着孩子。他需要吸烟来缓解压力，而她却总是将他赶到门外去，理由很简单：抽烟对孩子不好。孩子，孩子，永远是孩子！张杰有时候想，小静是不是已经把孩子当成搪塞、反驳以及否定自己的一件武器了？他需要跟朋友应酬喝酒联络感情，每一次她都要生气，就算他每次出门前都给她把饭做好，回来后把水给她放到床头柜上，她也会好几天不想跟他说话。

他把生活想得太简单了，他以为生活就是两个人的事，可再美的爱情也顶不住生活的艰辛和无奈。

他想起了那句话：婚姻毁于细节。

他渴望结束这失败的婚姻，可是又对失去这一切充满恐惧。

小静越来越受不了张杰了。她想不通自己怎么会嫁给这样幼稚无聊的一个人：叫他吃饭别玩手机，他说你自己玩不了就非要来限制我；叫他别出去喝酒，他非得深夜喝个醉醺醺才回家；他非得去，关门没轻没重把正在睡觉的儿子吓哭，刚能休息一会儿的她不仅要起来哄孩子还得照顾他到大半夜。

为一点儿小事就能啰唆个没完，自己带孩子这么累让他帮忙看一会儿，不是把孩子弄哭，就是抱着小孩一块儿玩电脑。更不能容忍的是他跟她要求"平等"。

"说好了你负责看孩子我负责工作的。"

离婚吧。好几次小静话到嘴边又艰难咽下。

如果没有孩子的话她早就跟他离婚了，可为了孩子她只能两难。

爆发

一直到琪琪两岁，小静没有和张杰单独在一起过一天，没有睡过一晚囫囵觉，所有的时间都给了孩子。

她需要休息，哪怕是片刻。当然，张杰并没有领情，他的朋友、亲戚，周围没有一个男人是像他这样拴在孩子身上的。钱挣得不多，所有事情还都得靠自己，这样的生活他更需要"逃离"。

压垮骆驼的最后一根稻草竟然是因为几双袜子。那天张杰的母亲来看他们一家，难得留下过夜。吃过晚饭小静把孩子交给婆婆，硬拉着张杰陪她一块儿散步消食。

夜市上张杰难得主动挑起话头，说到他大学的时候摆地摊儿的经历。他

第三章 互联网时代的新出路

越说越开心，往事仿佛就在昨天，许久都没有这么轻松惬意的感觉了。小静的心情也不错，路过一个卖袜子的小摊时，停下来准备买几双。

"老板，袜子怎么卖呀？"

"老规矩，十块钱三双。"老板是个上了一点儿年纪的女人，一边说一边麻利地将手边的小台灯移到小静附近去照亮。

"这么贵！平时不是都五双吗？"小静说着，手里拿起两双袜子弯着身子凑到灯前仔细观察比较。

"哪有的事，三双，不二价！"

"五双吧，好穿我多介绍朋友来。"小静头也没抬，继续说着，丝毫没有注意老板脸上明显变得厌烦的神色。

"说了不二价……"

"不买就走！"老板的话还没说完，就被张杰高声打断。

小静身子明显一震，转头看见张杰正怒气冲冲地对着自己，周身散发出一种强硬也很陌生的可怕气势。她拼命告诉自己要冷静要冷静，可眼泪还是忍不住涌出来。屈辱、难过夹杂着愤怒、伤心像一盆冷水兜头浇下，直冷进心底。她用颤抖着的手臂推开张杰，往远处跑去。

"小伙子也不容易，要不我给你十块钱五双吧，快别让你媳妇生气了。"

张杰找到小静的时候她正坐在马路牙子上，头深深埋在膝盖里。

妻子在哭泣，哭得很伤心。是他的错，狂奔过来的一路上张杰都在埋怨自己。刚刚的一幕发生得太突然，他的大脑好像在一瞬间选择性失忆，要不是袜子摊的老板娘提醒，他都还记不起刚刚发生过什么事，只会呆愣愣地站在原地。

"对不起。"他坐到小静身边，手揽过她的肩膀，"都是我的错，你骂我吧。"

小静停止了啜泣，直起身子。

他以为她会大声责骂，也已经做好心理准备：不管怎样，都不会还口。带着水汽的眸子深深地看着他，良久，听到一句："我为什么会变成这样？"

人生四季
◎就业季◎

"啊？"张杰有些摸不着头脑。

"我以前不是这样的……我不想变成讨人嫌的中年妇女,我才二十六岁……"

"我以前也不这样。"张杰望着远方,似乎在喃喃自语。

他们为什么会变成现在这样?为什么要变成自己以前讨厌的那种人?想来想去,他觉得他和小静所有的问题都是因为太缺钱了,不然就不会有这些矛盾。说到底自己是个男人,有责任撑起这个家。既然淘宝店铺的生意越来越冷清,而他们似乎都已经失去了开店的动力,不如索性关掉店铺,另谋出路。

关掉店铺的想法得到了小静的支持。她鼓励张杰去找份工作,自己会在家里带好孩子让他没有后顾之忧。其实小静并不敢奢望他挣很多的钱回来,而是觉得他应该先"走出去"。

开了这么多年的淘宝店,张杰也算有了技术和经验的优势。因为能够熟练运用图片处理等软件,他很快找到一份美工设计和维护网站的工作。月薪三千,在当地属于不上不下的水平。

生活水平算不上多么有起色,新工作看似简单却也十分枯燥、无聊,甚至有时会忽然感觉不到自己存在的价值。但是也有好的方面,不知是距离产生美还是怎样,他和小静的关系在慢慢朝着融洽转变。朝九晚五的工作时间不似当初一整天待在家里,父子一整天不见,他开始想念儿子,下了班就着急往家赶。儿子也有感应似的,变得很黏他。带了一天孩子的小静得到空闲可以放松一下,给一家人做一顿好吃的饭菜。

尽管对这份工作并不满意,但是张杰却十分感激它在合适的时候出现,带给自己的家庭几分生气。

新的出路

2014年春节,张杰的姐姐从外地回老家过年,得知他已经将淘宝店铺关闭的消息后问起："你有开网店的经验，为什么不找个产品做微商代理呢？比上班挣死工资可好多啦！"

其实自从微信朋友圈兴起之后，张杰也陆续接触过一些这方面的消息，但是每天要工作，闲暇还要帮小静带孩子等原因使他对玩手机刷朋友圈也不太感兴趣。那天听姐姐提到微商，他稍微有些犹豫，但更多的是心动，虽然微商算是个蛮新鲜的事物，但也确实是个商机。几年前自己不就是因为抓住淘宝这个"新鲜事物"的商机才有了当初的成绩嘛！手机是每个人离不开的日常工具，在微信上做生意应该比电脑来得更加方便快捷。这是时代发展的趋势，他一定得抓住这次机会。

张杰也看到了做微商的姐姐确实过得还不错。有了这个真人版案例，张杰的想法得到了小静的肯定和支持。

张杰辞职了，这次是为了更好地开始。

在姐姐的帮助下，张杰开始做起了微商。同时采用 B2C 和 C2C 两种模式（基于微信公众号的微商称为 B2C 微商，基于朋友圈开店的称为 C2C 微商），从一种印品的初级代理权做起。因为有姐姐这个"前辈"的指导护航，加上自己的研究、学习，从增加微信量开始一步一步稳扎稳打，很快地打开了局面。开始盈利后，张杰马上拿下了印品的区域代理权。不仅如此，有了经验的他又瞄准了一种品牌的香皂，也将其代理权拿下。

从一个只知道每天刷屏的微商新手到组织起自己的微商团队，张杰只用了不到一年的时间。在姐姐的带领下，他们的业务越来越广，如今每天的销售额可以上千。

家里买了车，张杰实现了开车带小静娘儿俩出去游玩的诺言。琪琪上幼儿园之后小静也有了更多时间，除了偶尔帮张杰打理一下生意外，她给自己报了兴趣班，哪天学厨艺，哪天练形体，课程安排得井井有条。

现在似乎比淘宝店铺生意旺盛时的事情还多，但是却没有了那种忙得晕头转向的感觉。挣钱多了之后张杰也认真想过，当初他们的生活那样不如意并不只因为"没钱",而是一种自卑,一种能力跟不上欲望的自卑。就像他们现在生活美满也不是因为"有钱",更多是一种笃定,一种确信生活能够掌握在自己手里的笃定。

一切看似和"钱"有很大的关系,却又并没有那么重要。生活就那样,没知觉,它给不了你顺风顺水也不能将你踩在脚下。毕业?工作?结婚?不管是先成家后立业还是先立业后成家都不重要,重要的是"成"和"立"。

当然,什么都没有经历过的人是没有资格回头看的。

明天我们好好地过

笔者曾在高二时插班到张杰所在班级一个学期,那时候他坐在我后面,算是相处愉快的朋友。没想到时隔多年在酒店的走廊相遇我们竟然一眼认出对方。我去参加朋友婚礼,而他们一家正巧在隔壁厅给儿子庆祝三周岁生日。

他穿了一身休闲装,喝了点儿酒,笑起来意气风发的样子。听到我想写这样一本书的打算,他掏出香烟递给我一支。我说自己不抽烟,他点点头,边将烟点燃边说:"其实我也很少抽的,孩儿他妈和小孩儿都不让。"

他抽烟很"仔细"。很奇怪我会想到这个词,但他当时给我的感觉就是这样,一支烟的时间刚好配合一个好几年光阴的"漫长"故事。

"我也采访过几个人,相对于自怨自艾郁郁不得志的故事我更喜欢你的生活状态,阳光,向上。"

"我也没有多典型多励志,只是那段时间恰好看到一句话便一直记在心里,事实证明'心灵鸡汤'也不全是废话,只要有一句正好触动你就有可能成为改变你一生的契机。"

"哦,哪一句?"

"人啊,如果你自己不努力,就算上帝想拉你一把都找不到你的手在哪里。"

他说着,看到远处儿子跑了过来,忙将手里的烟蒂丢到地上,踩在脚底。

"爸爸！"儿子扑过来，被他抱起，儿子指向身后紧跟过来的年轻女子："我和妈妈来检查你是不是背着我们在抽烟呢。"

　　"没有，当然没有。"

　　告别的时候，我觉得有必要问一下毕业这些年他有什么比较深的感触。他斟酌许久，然后极其认真地给我们的谈话做了一个颇为正式的"总结陈词"："邓小平同志说过，科学技术是第一生产力。以前没什么感觉，现在觉得这话说得太对了，科技的力量太大了！科技越来越发达，互联网技术已经渗透到每个人的生活中，现在方方面面都要用到互联网，这对我们的未来都有好处的，谁能更好地运用互联网，谁就能获得更多成功的机会！"

　　我点点头，对他这番总结表示赞同。

　　然后，我似乎是画蛇添足地问了一句："至于未来，你们的打算是——"

　　"未来？"他笑了笑，说："未来就一直努力呗！"

摄影:倪晓

第四章　一、二、三，木头人！

成长意味着失去

不知道读者小时候有没有玩过一种叫作"木头人"的游戏，游戏的规则十分简单：一个人手蒙住眼睛，数"一、二、三"三个数，此时其他人是可以自由行动的，他们要在三个数之内尽快跑到一个地方，当蒙眼人说出"木头人"并转过身的时候，他要看到其他人是不能动的，像个木头人一样，如果有人是运动状态，那么这个人就出局了。

"我们都是木头人，一不许动，二不许笑，三不许露出大白牙！"——游戏虽然简单，却是一些80后最美好的童年回忆。

1997年。

秋日。

午后的阳光斜照在某小学白色瓷砖装饰的小花坛上，把里面稀稀落落种着的几株月季照得懒洋洋的。雕花的铁艺大门外，身着绿色连衣裙的女人正探头张望，不远处旗杆旁边一群孩子正在嬉闹、游戏。

穿着格子衬衫的小男孩双手蒙住眼睛，嘴里拉长的声音数着"一……二……"他身后已经有两个小伙伴相互虚挡着渐渐逼近。"三"字还未吐出口，猛然感觉到背上被人重重地拍了一下，接着就被一股重量推着往前趔趄了好几步，跌倒在地上。

三个人摔在一起，格子衫的小男孩被压在最下面，忍着膝盖的疼痛，乐

人生四季
◎ 就业季 ◎

呵呵地等着身上"哎哟哎哟"叫唤的孩子被其他同伴拉着爬起来。

"你们在干什么!"

突如其来一声大喝,所有人都被吓了一跳,慌忙停下手中的动作抬头寻找声音源。

"谁准你们欺负我儿子的?还有没有家教啊你们?"

不知何时,身着绿色连衣裙的女人已经跑到了孩子们身边,阴沉着脸,两下把孩子们拨开,扶起地上的格子衫小男孩,一连串焦急的询问:"站得起来吗?伤到哪儿啦?疼不疼?试试能不能走。"

"妈?"男孩竟然有些感觉窘迫,"你怎么又来学校了?"

"妈什么妈!不是说了让你好好学习,不要成天跟些皮孩子混在一起打打闹闹嘛!"女人说着,想起了刚刚将她儿子"推倒"的两个孩子,用手指着他们:"你们两个不许走,跟我去见你们老师。小小年纪就知道推人,长大了还怎么得了。"

如果不是"刚好"被自己看见他们欺负她儿子,说不定孩子挨了打回来也还不知道吭声呢!越想越气,她恨不得上前去拧他们的耳朵。谁知道她怀里的儿子却挣脱了她,一溜烟跑到离她很远的地方,好像她这个妈妈身上有刺能扎到他一样。

"妈,我没事儿,你快回家去吧,别再来了。"

男孩头也不回地"逃"回教室,把头埋在桌子上。膝盖的疼痛传来,他不敢动,不敢去看,甚至都不敢"感觉"周围的气氛。

他害怕,害怕"感觉"到同学们异样的目光。

"如果我能变成'木头人'就好了,就不会疼,也不会感觉害怕。"

这个喜欢穿格子衬衫的小男孩就是笔者接下来要介绍的主人公。他叫小泽,生于1990年5月。

在漫长的等待"成年"的时光里,小泽最大的愿望就是能变成"木头人",从一开始的为了"不疼痛""不害怕",一直到渐渐地他自己也搞不懂自己。然而对于将他"陷入"这般境地的母亲，他从来无法怨恨。

"她是能豁出生命来爱我的人，尽管她不知道自己的方式曾经让我有多么难堪。"

"变态"的优越感

小泽是笔者的学弟，也是笔者表妹的同班同学。我原本的计划是写一篇关于表妹的故事，但表妹却向我推荐了小泽（化名），并言之凿凿地声称："他绝对比我有故事！"

我自然没有不应允的，于是要表妹帮我联系小泽。

直到见到小泽本人后，我才确定，表妹之所以积极踊跃地推荐他，最主要的原因就是——小泽的颜值太高了，皮肤干净，眼睛清澈，是个十足的"小鲜肉"。

我们的谈话地点约在市公园。起初表妹还总是插话，后来见小泽对我的采访很感兴趣，于是颇为识趣地坐到一边玩手机去了。

小泽家境不错，父亲是当地小有名气的企业家，经营一家规模相当大的水果深加工产品公司。母亲是家庭主妇，全部生活就是围绕儿子打转。在父母的眼中，小泽一直都是个乖孩子。听话，懂礼貌，成绩也算凑合，没有让大人操心的地方。直到高三那年，小泽跟同学打架，被叫家长。

起因其实都算不上是个"事儿"，同桌无意间说起自己曾经有过一个妹妹，但是不到一岁就夭折了。当时小泽也就是随口一说："其实你也不能算是独生子女。"

同桌先动手的，还手是因为小泽觉得他生气点太低，简直莫名其妙，不可理喻。

"我知道你一直以来都瞧不起我，还不是仗着家里有几个糟钱，独生子女就了不起了？你那是什么变态的优越感。"

人生四季
◎就业季◎

拳脚相向后来演变成板凳腿和拖把杆的械斗，同桌被打破了头，小泽也满嘴是血。被赶到走廊里靠墙写检查的两个人，听着办公室里传出的两家父母暴跳如雷的指责和争吵忽然就有了一种同是天涯沦落人的相互理解，大人还没吵完，他俩已经和解。

每人停课三天，回到学校后同桌戴上了小泽送给的棒球帽，小泽嘴里也叼着同桌塞给他的棒棒糖。

后来，同桌曾解释过，是他一直很自卑，怕小泽看不起他。他以为小泽话里有话是在嘲笑他，假装是独生子女，因为在他看来越穷的人家里才会越多生孩子。

"莫名其妙！独生子女优越个屁，没有兄弟姐妹要多孤单有多孤单好不好。"

说起来，小泽父母对他态度的转变，就是从那次打架开始的。他们想不通自己一直温和甚至有些"胆小怕事"的儿子怎么忽然间变得那么暴力。除了在物质上给予更多"关心"，父亲也由平时的"完全放心"变得时不时要找他"谈心"。当然他所谓的晓以大义，不过是一些小泽根本听不进去的艰苦奋斗史。母亲则完全盯紧了他的学习，不准看电视不准玩电脑手机，更不惜熬夜制订计划表，请家教每天来家里给他补习。

小泽倒是没什么怨言，一如既往，父母说什么他从不反驳，也从没听进心里去。看似波澜不惊的他其实内心正波涛汹涌，他在等，等一个彻底脱离的机会。

小泽脑子好使，加上考前的密集补习，高考很顺利考入西安某大学土木工程专业。专业是"闭着眼睛一划拉"选的。对于"土木工程"四个字，他根本不了解，也没想过浪费时间去了解。大学对于他来说不过是一场暂时的解放而已。

对，是暂时。小泽很清楚，不管自己学成什么样，甚至上不上大学，他的未来都早已经有了既定的轨迹——"接班"。既然父亲能做得不错，作为儿子的他将来也差不了。所以从上大学的那天起，他就从来没有担心过工作

第四章　一、二、三，木头人！

的问题。

变不变态不知道，优越感他确实是有一些的。所以当有同学为了工作犯愁困惑，到底是应该靠能力还是靠关系的时候，他肯定地告诉对方："能力算个屁，当然得靠关系。"

他把大学当成一场"经历"，就像读完小学一定要读中学一样，读完中学当然得接着读大学，这是必须要走的路，不会激动，也没有感动。算是高中的延续吧，最大的区别就是自由。至于以后，他还不想花时间去想，有时候是觉得想也没有用，父母肯定会横加干涉的吧。

事实上父母担心的逆反期在他上大学之后才逐渐显现出来。虽然学校汇聚了来自天南海北的同学，大多数也还是家庭一般甚至贫困山村的比较多。

一身名牌，出入打车，一星期恨不得六天都下饭店请客，衣服从来没有自己洗过。这一切都源于他手里有钱，他的父亲有钱。

没有了老师父母的监督，本来就半上不下的学业变得只下不上。而这种事在大学里除了自己是没人会管你要求你的。这样的大学生活对小泽来说有些无聊，他开始经常逃课，一个人到城市的各处瞎逛，看到乞丐，经常五十、一百的给钱，他知道那些乞丐说不定都是假的，说不定他们转身就会骂自己是个傻×，但是他就是想给他们钱，谁知道他们哪天会不会良心发现觉得羞愧呢。碰到顺眼的东西他也会顺手买回来，堆在宿舍的角落里，有些东西就那样一直堆到毕业，他连拆的兴趣都没有。

因为出勤率低被扣掉不少学分，他不得不选修了很多并不感兴趣的选修课。这些选修课他又实在不想去上，连坐在那里应个卯答声到的心情都没有。思前想后他决定让宿舍里一个家庭贫困的舍友代自己去上课，每节课五十元。

有时候，小泽会莫名感到害怕，他能感觉到身边的同学都是表面上客气，其实私底下根本就对自己嗤之以鼻。他感觉那些跟他称兄道弟的社会青年其实心怀恶意。感觉自己正在一天天堕落，他瞧不起自己，却又感到无能为力。

先这样吧，也许毕业了就好了。

人生四季
◎ 就业季 ◎

不走寻常路

　　盼望着，盼望着，2012年夏天，小泽终于毕业了。他没有一丝犹豫，马上收拾好行李，返回山东W市。

　　一本毕业证便是给父母的全部交代。

　　在西安时还踌躇满志准备回来大干一场的想法马上被抛在脑后，他窝在沙发上，吹着空调看着电视吃着哈根达斯度过了一整个夏天。中秋、国庆又借口放松到上海的同学家里给自己放了个"悠长假期"。

　　入冬，天寒，适宜"冬眠"。"睡醒"之后又赶上过年需要"放假"。

　　他还在这段时间里交了女朋友。小冉是他在一次朋友聚会上认识的，人长得很美，也很活泼开朗。小泽和小冉一见钟情，很快陷入爱河。每天想的是花前月下，更没有心思去考虑工作的事了。

　　转眼已是第二年。开春，在父母的催促下，小泽终于还是进入父亲的公司"就业"。这和他当初设想的一样，接下来他的人生大概就是平淡度日，顺利"接班"了。

　　工资一个月四千，有独立办公室，日常工作就是准备整理各色文件，说是助理的职务，其实不过是顶着"太子"身份，谁也不敢"劳驾"他干活的摆设而已。父亲似乎把他"丢"在这里后就遗忘了他。以前至少下班回到家里父子二人还闲聊几句，现在小泽在父亲旁边的房间"办公"，竟然一天都见不到他一面，更说不上几句话。

　　每天做着相同的工作，玩电脑，喝茶，看报纸，感觉自己不是来上班倒像是来"养老的"。想到昨天、今天、明天，今年、明年、后年，日子会这样一直重复，感觉一辈子就都是这样了，以后是不会吃苦了，但也感受不到更多的幸福。

　　他想不通，为什么很多人想要白领的工作，坐在办公室里就那么好，一

第四章 一、二、三，木头人！

点儿都不嫌压抑？

跟母亲抱怨过一次，第二天父亲终于想起他，给他安排了"其他"工作——陪"应酬"。一本正经地穿起正装、打好领带，原来"应酬"比"工作"对服装的要求还严格。坐在酒桌前，看着那群人从一开始的道貌岸然、口若悬河，到喝高了之后的原形毕露、丑态百出。

"服务员，给我拿包……卫生……巾。"

"纸巾，餐巾纸，他说的是餐巾纸。"小泽急忙站起来，虽然尴尬到不行，但对方毕竟是个年纪和他不相上下的小姑娘啊！那个不知道是真醉还是假醉的什么"总"这样"调戏"人家，真的很粗俗啊！

没想到服务员倒像是"身经百战"，面不改色地将一盒餐巾纸递给小泽，转身退了出去。

几次饭局之后，小泽感觉自己算是正式"出道"了。各家公司各式各样的主管、高层仿佛一夜之间跟他成了"亲兄弟"，大家开始轮番上场，觥筹交错间说着口若悬河的"场面话"。想到父亲整天过着这样的生活，很可能自己以后也要一直这样下去。

习惯就好了。

总会变成习惯，想到就让人更加厌烦。

"I will find my way，I want a different way，after the wind and rain，there will be a brand new day……"

单曲循环了一晚上。

第二天，小泽向父亲递交了辞职信，说明自己不适合这个工作。父亲大怒，将桌子拍得啪啪响。他不理解父亲的震怒，就像父亲不理解他怎么"脑子这么不清楚"一样。

"你这是身在福中不知福，多少人想要这份工作还得不到，你凭什么？还不是因为你是我儿子。"

"我有选择自己做什么的自由。"

人生四季
◎就业季◎

"有自由就完了？你有那份能力吗？等你在社会上撞得头破血流了再找你爹，我是不会管你的。"

"谁稀得找你！"

从公司跑出来之后，小泽在网吧待了三天。"我有能力吗？"三天里，他不停这样问自己。

他并没有得到自己想要的答案。父母轮番的电话"轰炸"，他不得不逼自己迅速做出一个决定。

从小到大，他的路都是父母铺好的。成绩总是在最后几名，却总能进入别人需要拼命学习取得很好的成绩才能上的重点学校，明明除了一张毕业证书其他一无所长，却能干着喝茶、看报"混吃等死"的工作。

现在，他发现自己不喜欢他们为他选的这条路了，这条路和他想象中的一点儿也不一样。他还不知道自己想要的路究竟应该怎样走。不管了，先"上路"再说。

现实里总会有落差

小泽决定要自己创业。

至于要做什么他自己也没有方向，咨询了不少同学朋友，大家给出了各式各样形形色色的建议，毕竟也只是根据他们自己的经验。

最终，还是小冉提议："不如开一家干洗店，现在人们的生活水平越来越高了，衣服越穿越高档，需要干洗的人只会越来越多。"

越思越想，越觉得小冉说得有道理。

小泽决定要开干洗店了。因为和父亲还在冷战，他缠着母亲从她那里拿了十五万元，加上自己平时积攒的压岁钱，凑了二十万资金。接下来就是马不停蹄地开始选址、物色加盟商、联系加盟、装修店面、购进设备……两个人忙得焦头烂额。

第四章 一、二、三，木头人！

仅仅两个多月的时间，他们的干洗店就在市内一个新建的小区附近开业了。

父亲虽然不看好他的"事业"，却也在开业当天给他们送来了气派的大花篮，父子之间的关系开始破冰。

新店开业，各种优惠活动。一开始生意不错，小泽也满是干劲，每天早起晚睡，凡事都亲力亲为。可渐渐地他发现到店里来的人越来越少，有时竟然一天连一个客人也没有。小泽有些着急了，他找了很多做生意的朋友，向他们请教求救。

按照朋友们的建议，去街上发传单、请人表演做活动、晚上在门前放电影等许多方法都尝试了，生意却仍然不见起色。

小泽有些疲惫了，决定听从小冉的建议："店子没有一开始就赚钱的，是需要日积月累，慢慢'养'的。"

想通了这个道理，日子就过得"顺利"起来了。没人，就慢慢"养"着呗。父母都很欣慰儿子有了自己的事情做，倒也没有过多地关注他店里的生意到底怎样。

直到有一天，小泽大学的同学说好来找他玩，结果他等了一上午那人才到。小泽埋怨同学不守时间。

"你这个店也太偏了，让我找得好辛苦！这年头，连出租车司机都找不到的小区也是少见。"

同学的话让小泽心下一惊，他开始怀疑自己店里生意不好会不会和地理位置比较偏僻有关系。他把自己的想法告诉小冉，小冉却满不在乎地说："我们开的是干洗店，这里旁边就是个新小区，地理位置偏僻一点儿也不会太影响客源的。"

自从那天起，对周围环境格外留意的小泽逐渐发现，虽然这片小区楼房不少，但是夜里亮灯的房间却是连四分之一都不到，有的甚至整栋楼都黑漆漆一片。小泽和小冉这才想起要去小区察探。原来这个小区还因为某些手续原因房子不能验收，除了前期的几栋之外剩下的基本都没卖出去。

小泽和他堆的雪人在对视

第四章　一、二、三，木头人！

当晚，小泽和小冉商议，换地方。为了"及时止损"，两人连夜算了算他们店里的流水之类，一算才猛然发现，不到一年的时间里他们已经亏损了将近十万元。

小泽倍受打击。"晕头转向"了几天后，他觉得当前最重要的事情还是得"及时止损"，他将几乎全新的设备转了出去，退了店铺，洗手不干了。

"损"是止住了，可父母那儿也确实没有办法交代。小泽不得不继续装出忙碌的样子："没时间"接电话，也"顾不上"回家。

瞒过一天算一天吧。

穿帮那天小泽正和小冉一起在网吧打游戏，看到是母亲打来的电话，他也没想太多，接起来，熟练地想展示很"忙"的演技。

"小泽，你千万不要回家啊，你爸说要宰了你。"

母亲没头没脑的话让他知道，该来的终于来了。父亲这次是真的生了很大的气，不然同样被蒙在鼓里的母亲不会连一句责备都没有，开口就叫他先不要回来。

听着电话里母亲焦急又担心的声音，小泽脑子一热，早晚都得面对，不如"一人做事一人当"。

有生以来，那是小泽见过最大的家里爆发的"战争"。客厅里一片狼藉，父亲靠在沙发上喘着粗气，母亲蹲在地上收拾着杯盘碎片。看到他回来，父母都是一愣，随即父亲暴跳如雷冲到厨房要拿刀砍他，母亲哭着跑过去阻拦。

那一刻，他心如死灰："都是我的错，你砍死我吧！"

他闭上眼，或许死了，就真的能解脱吧。

"这就是你做错事的态度？你死了就没事了吗？你不是我儿子，是不是个男人？"

父亲推开母亲，摔门而去。母亲跌坐在地上，泣不成声。

十几万对小泽家来说不算什么。暴风雨很快过去，父亲依旧早出晚归，母亲看似待他如常却又显得小心翼翼，她怕他会真的想不开。

创业失败确实给小泽带来很大的打击，但总还不至于到"寻死"的地步。一家人心照不宣地"独立"生活在一起。小泽总是等到父亲去公司、母亲出门买东西之后起床，匆匆收拾一番直奔网吧而去。有时候，小冉会买饭给他送过去，小冉没空的时候他就去吧台泡碗方便面充饥。网吧有种特殊的气氛，能让人脑子放空，感受到跟"同类"在一起"与世隔绝"的安全感，不然很难解释大多数人家里都有电脑却还是喜欢到网吧去打游戏。

那段日子，小泽靠着在游戏中的"所向披靡"暂时忘记现实中失败的自己。

"那个时候，我心里很难过，几千次几万次地想开口，想对他们说声对不起，却始终没有勇气。"

一、二、三，木头人！

母亲旁敲侧击地劝过小泽几次，希望他回父亲的公司上班。他知道，这也是父亲自己的意思。可他并没有答应。碍于面子吧，觉得没脸再回去。

不久，在一个朋友的介绍下，他做起了游戏代练。

这种"玩着就能把钱赚了"的生活起初让他很得意，觉得凭借自己的"一技之长"总能"闯出自己的一片天"。慢慢地他发现这个职业其实并不像自己想的那样自由，两台电脑二十四小时在线，经常通宵达旦，最累的时候每天也只睡四五个小时。"练"的方式也不能随心所欲，都是不停重复那些枯燥无味的操作，每月收入也就两千来块钱。

小泽不缺钱，他连花钱的心情都没有。他患上了严重的"社交恐惧症"。不想出门，不想见人，除了几个亲密的朋友他几乎不与任何人往来，跟女朋友小冉的交往也因为经常的争吵而濒临"断片"。

身边的人都发现小泽变了，他经常好几天不说一句话，不再关心自己的发型，甚至脸也不洗，嘴边的青色胡茬仿佛在宣告着这个人已历经沧桑，无力再次把头抬起。

第四章　一、二、三，木头人！

这样的生活一直持续着，直到某个凌晨，他通宵给别人代练完一个账号，倒在床上疲惫不堪地睡了过去。当他醒来，准备起床的时候却发现脖子动不了了，从后脑勺到两个肩膀异常疼痛。

家人把他送到了医院，经过一系列的检查之后，被诊断为颈椎间盘退行性变化、颈椎反弓、颈椎骨质增生。医生指着灯箱上的片子不解地问他："二十几岁的小伙子颈椎弄成这样，和六十岁老人的差不多，你平时都在做什么工作？"

小泽忽然觉得自己的"工作"有些说不出口，只得敷衍着说在做计算机方面的工作。

在医院做完牵引回家，小泽选择了继续"工作"。

"儿子，医生说让你好好休息，别再玩电脑了。"

"别管我。"

母亲的声音被阻隔在门外，并且没有如他意料之中的再次响起。她什么时候开始这么"通情达理"了？

仅仅两个星期，小泽的颈椎再次犯病，被送去医院。医生说手术也只能剥离增生的骨刺而已，这种病无法根治，只能保守治疗以缓解或消除症状为主。如果症状消除后没有避免不良的姿势，还是会有复发的可能。

在医院休息了几天，小泽回到了家里。

房间的一切还跟他离开时一样。他不让母亲进自己的房间，即使他不在，母亲还是默契地遵守着承诺。

再次坐在电脑前面，握住熟悉的鼠标，他发现不知不觉间，自己真的变成了一个"木头人"。从什么时候起，他开始不懂得表达自己的心声，从什么时候起他开始被生活被社会这根线牵扯着，做着不是自己的自己。

家人、朋友，他与他们的关系忽远忽近，完全取决于自己何时想睁开眼睛，何时转头。并不是他们有多喜欢电脑游戏，大家只是太在乎，在乎他这个儿子、朋友。

还记得小时候玩过的游戏吗？

我数一、二、三，木头人。

心有余力不足

  2015年，中秋节前一天。笔者坐在书桌上整理着你们现在看到的这篇故事，窗户打开着，传来商店打折促销的音响声。中秋节是仅次于春节的重要节日，还没有到来，街上的气氛已经很浓郁了。

  在这个需要团聚的日子里，我一个人在家里孤单单地赶着稿子。楼上，我故事里的主人公小泽，也是一个人，静静坐在电脑前面操纵着游戏世界中的人物。他以前很喜欢听游戏里的音效的，觉得很刺激很带感。后来他觉得疲倦了，关掉了背景音乐，关掉声效，他现在很享受这种寂静无声的游戏方式，能让他稍微有一些"生活正在被我掌控"的归属感。

  是的，故事的最终小泽仍然在继续着他游戏代练的职业。

  "浪子回头"哪有电视剧里演的那样容易，何况他只有这个"一技之长"了，除了游戏代练他不知道自己有干什么的能力。休息了一段时间后，他从家里搬了出来，决心"开始重操旧业"。

  只是这次他心里是"有数"的，不再同时接好几份"工作"，坚持每次只练一个号，床头柜上并排摆着两个闹钟，8点起床，晚上12点必关电脑。赚不赚得到钱都好说，他需要有规律的平静的生活。

  然而"规律"安排给闹钟就好，"平静"却是没办法多得。他刚跟小冉吵完架，并且把她给气跑了。小冉好心好意买了披萨给他送过来，本来还好好的，可是说着说着小冉就提到了结婚的事，还问他什么时候能到她家去见见她的父母。

  "我有长辈恐惧症。"

  往常他都是这样回答的，谁知道这次小冉却突然"发飙"了。她开始埋

第四章　一、二、三，木头人！

怨小泽不成熟，没担当，心里根本没有自己。

"我妈安排了多少次相亲，条件好的有得是，我都拒绝了，就为了你。可你连当面告诉他们你是我男朋友的勇气都没有。"

"有好的你就去啊，还是别耽误了自己。"

两人的见面不欢而散，这已经不是第一次了，他不知道，他和她，他们的感情还能承受多少次这样的冲击。他从心里是想对小冉好的，也想跟她去见她父母，可那都只是心想而已，他没有力气去将它们付诸行动。确实，他没有那份勇气。

一个人吃着已经冷掉的披萨，手边的电话响了，是他母亲打来的。

"小泽啊，明天是中秋节了，你能回家一趟，咱们一块儿吃个饭吗？"

"能。我……尽量。"他习惯了说着心口不一的话。

"那个，小冉最近忙吗？"

"还好。"

"有时间的话妈妈想见见她父母，两家人商量商量你们的婚事……毕竟你也老大不小了。"

"我饿了，吃饭去。"

他粗暴地挂断电话，心想着："这两个人是怎么了，除了'结婚'整天还有没有点儿别的事？还不如我爸呢。"

想到父亲，他们已经将近一年的时间没有好好说过一句话了，见面不是冷眼就是彼此无语。

其实他一早就知道是自己错了，错得离谱。从不知天高地厚地递上辞职信开始，离开公司无视父亲善意的保护，选择自己创业却又输得一塌糊涂。自己才干了几天就厌烦得受不了的工作，父亲又是怎样从零开始一步步走到现在的位置，并且仍将努力坚持下去。他想起父亲曾经说过的话："等你在社会上撞得头破血流了再找你爹，我是不会管你的。"

如果他真的有能力保证自己不被"撞得头破血流"，父亲又何尝愿意费力不讨好地拦在他身前呢？说到底还是自己没有认清自己的能力罢了。

电脑屏幕右下角显示 QQ 收到一条漂流瓶消息，随手点开，上面显示是一个问题瓶：我想知道找工作究竟是要靠能力还是靠关系？

他不假思索地回复过去：当然是靠能力，不然你以为那些人是凭什么坐到今天的位置上的。

忽然记起，他在大学时也回答过一个同学同样的问题，那个时候他正得意自己的"优越感"，他记得自己回答的当然是关系重要。现在，他希望那个同学并没有听到心里去，也还没有被社会"撞得头破血流"。

他鬼使神差般地拨通了父亲的号码。几声忙音之后，话筒里传来"您拨打的电话暂时无人接听"的声音。

他放下电话，如释重负般长出一口气。

看来，他还只是心有余而力不足啊！

正真的结尾

笔者曾经答应过小泽，有关他的章节在完稿后要第一个给他看。可是过完一个中秋节，当我从老家回来之后再去楼上找他时才发现那里已经换了新邻居——他搬走了。

我想起自己还留了小泽的邮箱地址，就把这篇文章给他发了过去。

很快，我便收到了他的回信。

以下为笔者整理之后的小泽的回信：

文章我看过了，没想到你还挺说话算话的。看完的感觉既熟悉又陌生。熟悉的是里面每一件事都是我的亲身经历，陌生的是我感觉那个人不是我。也许是我自己不忍直视吧。

我在母亲的溺爱中长大，EQ、IQ 都不高，心理承受能力和抗压能力也很低。其实这些我多少能感觉得到，但是我不懂控制自己。不是有种"草莓

第四章　一、二、三，木头人！

族"嘛，我就是那种人。外表光鲜亮丽，内心承受不起一点儿挫折，稍一施压就能烂成一摊泥。我从小没受过一点儿挫折，不管遇上什么问题我妈都能帮我搞定，实在搞不定的，我妈也可以找我爸给搞定。

大学毕业之后我忽然感觉到一切都不同了，父母老了，也不像从前那样有耐心了。我要面对的事情在遇到之前连想都没有想过。没有过渡，好像他们觉得我该长大了，我就能忽然长大。我像一个没生过病没吃过药的人忽然被送上手术台要做开颅手术，除了害怕还是害怕。害怕手术失败，害怕身体内的免疫小人自己不知道该朝哪个方向努力。

有段时间我很迷茫，很害怕别人问我的年纪。因为所有的人听完之后一定会说一句："哦，你是 90 后啊。"好像我混成这副样子是理所当然，因为我是 90 后，是垮掉的一代。

我也曾经踌躇满志过，开干洗店的时候，我是真想着靠自己的努力去闯一下，赚他个几百万回来，让我爸自己"打脸"。

事实证明，有些事努力不到地方上，费多大劲都是白搭。人生没经验没阅历，却又浮躁急功近利，吃亏是肯定的。

代练我早就不想干了，对身体和心理都不好。知道我爸是怎么形容我的职业吗？

"一天到晚不说一句话，往电脑前面一坐，连屁都不放一个。"

我现在回我老爸的公司上班了。车间工人，是我自己要求的。我想学点儿实际的，踏踏实实一步一个脚印地走下去。慢慢积累，也为以后做好准备。万一哪天我不想干了，受不了想逃离这种生活，至少有点儿能吃饭的本事。现在的我学聪明了，有底气了才敢踏出去。

搬回家里住是很临时的决定。中秋节那天我不是回家了嘛，虽然心里设想过无数次，可当我真正站在家里时才知道我有多想这个家，多想我的爸爸妈妈。看着妈妈那瘦弱矮小的身体，想到她再也不能像小时候那样随时冲出来将我护在怀里，我就想大哭一场。为我自己，也为了妈妈已经逝去的青春。

人生四季
◎就业季◎

　　一年没见,我跟我爸竟然也能像"老朋友"那样,历尽沧桑地回首往事,听他讲我小时候他对我这样那样的期望。

　　不记得是谁说过,成长其实是一瞬间的事。

　　就是那一瞬间,我忽然感觉自己长大了。马上就能理解唠叨的老妈,抱怨争吵的女朋友,对我怒其不争的老爸。他们其实一直都在用自己的方式爱我,是我一直用双手蒙住眼睛不去看而已。

　　我和小冉的事情我们已经认真沟通过了,我们还年轻,结婚尚早。但是我们约定等我的工作稳定下来就会去拜访她父母,确立关系。

　　我搬家的时候挺匆忙的,妈妈在家包饺子,我和我爸一块儿过去的,本来也没多少东西,赶在晚饭前就搬完了。

　　临走觉得该跟你告个别,去你家敲了半天门发现你不在,可能我们没缘分吧。

讲话的间歇,小泽出神地望着别处

人生四季
◎就业季◎

第五章　心态决定成败

农村走出来的少年

1986年出生的张辉生长于河北南部一个农村，父母是老实巴交的农民，面朝黄土背朝天干了一辈子。张辉出生后，他们拿了一只鸡，请隔壁村一个有学问的林大爷为新生的儿子取名字。林大爷小时候上了几年私塾，在村里颇有名望，也乐得为村民们出谋划策。他略略想了想，然后拿了个碎瓦在地上写出了"辉"字。其实，张辉的父亲是个半文盲，认不得几个字，但他仍旧一连说了几个"好"，略显浑浊的眼里映出光彩。

或许就是那时，老实巴交的父亲下定了供张辉读书的决心——他要让儿子走出这个穷乡僻壤，不要让他再和自己一样汗流浃背地干农活。

"而我也还算争气！"张辉有些不好意思地"自夸"道，"从小学开始学习成绩一直不错，算是尖子生吧。2005年，我以高出分数线三十七分的成绩考上了山东泰安某大学。"

"那你的专业是——"笔者一向比较关注受访对象的专业。

"我毫不犹豫地选择了农林护理专业。哈哈，爹妈不想让我再继续种地，可我选择的还是种地的专业！当初爹妈不同意，说自己种了一辈子地，辛辛苦苦供我上大学，我竟然还要学种地！我让我们高中老师跟他们讲了一通道理他们才知道农林护理是干啥的。选择专业也算是一波三折了。"

四年大学期间，别的同学有的花前月下，有的流连于网吧、KTV，有的

第五章 心态决定成败

上课睡觉，有的下课胡闹……张辉却频繁地往返于教室和图书馆。他知道自己的使命和责任。每当思想有所松懈的时候，眼前浮现出的便是父母那苍老的面容和期待的眼神——父母那用血汗积攒下来的钱，张辉不想在虚度光阴中白白浪费。

2009年，是充满了希望和挑战的一年。因为，这一年，张辉拿到了毕业证书，这表示张辉已经离开校园成为一名"社会人员"，同时也表示他将不能继续心安理得地再接受父母的供养，他要自食其力了。

"毕业便等于失业。"这是他初入学校时从某位学长口中听来的一句话。当时，张辉不以为意，认为只要努力，毕业便可以随便择业，何来"失业"一说？大学四年，他从未将这个距他十分遥远的词汇放进自己的词典。

然而，当他踏入社会寻找工作的时候，现实似乎比他想象得还要复杂得多。

张辉原本想留在学校所在地泰安工作，毕竟，这座倚靠东岳泰山的城市算是他的第二故乡，他熟悉城市的每条街道，熟悉城市的每个角落……他渴望留在这里，他想以此为跳板，待打好基础再回家乡，然后——"赚很多钱，养活父母！"

刚毕业的大学生都有着一股冲劲，仿佛初生的牛犊，天不怕地不怕，张辉也一样。他学的是农林护理专业，自然想找一份和农林护理有关的工作，他上网筛选，整理好简历发出去，然后待在出租屋内等通知。三四天过去了，他那几乎快被淘汰掉的手机压根就没响过。开始，张辉还这样自我安慰：没事的，也许那些公司收到的简历太多，不能及时回复也是情理之中的事；又或许，那些公司人事部门太忙，还没来得及看自己的简历……这样的借口用得次数多了便不再能成为借口。于是，慢慢地张辉开始慌了，他找了几家中意的公司打电话询问，结果那边说："你的简历我们看过了，不合适，所以就没再进一步联系，而且我们已经招到了合适的人员。"

这让张辉心里很不痛快，但他更想知道为什么自己会落选，于是问："请问你们为什么会把我筛选掉？难道是因为我的学历方面有问题吗？"

人生四季
◎就业季◎

这样的问题还问了几家公司，结果得到的答复都一样："我们招聘的人员需要有一定的工作经验。"

张辉一听，心想：呵呵，工作经验，谁都不是天生便有工作经验！他进一步解释说："我在学校年年拿奖学金，专业也是没的说，虽然没经验，可我有上进心，我相信我能胜任这份工作！"张辉说这话时，带着诚恳和小心，近乎放低姿态的祈求，他希望他们能够感受到自己的诚意从而接纳他。

然而，他最终得到的结果仍是："对不起，您可以看看其他工作！"

听到对方的话语里明显有一丝不耐烦，张辉只能以"哦"这个感叹词作为结束语，中断他和招聘公司的对话。

张辉告诉笔者："虽然心里很不高兴，但不得不承认的一个现实问题是，任何一家公司都不想要一个什么都不会一切只能从零开始的新人！"

就这样，"工作经验"这个看似悖论的问题成为张辉找工作的第一个门槛。

张辉躺在床上想了好久，最后决定亲自去人才市场看看，他想，毕竟网络是个虚拟的空间,面对面的交流更为直观,说不定能找到一份更好的工作呢！

想到这里，他立刻又充满信心，将自己的简历打印出来，然后带着大学四年的所有证书去了人才市场。

人才市场很大，应聘的人很多，前来招聘的企业却很少。他咨询了一下，结果与农林护理专业相关的工作更是屈指可数。逛了逛，终于发现一家企业的薪资待遇还不错，张辉和招聘人员聊了很久，得知他们也招收应届毕业生，不由喜出望外，急忙将简历拿出来交给他们。

第二天，张辉便收到了该公司的电话，电话那头一个甜美的声音说："恭喜您已经被我们公司录用……我们公司管理严格，需要统一着装，所以请您暂时交付五百元钱的服装费……"

张辉一听，心里一凉，清楚自己遇到了骗子公司。他想起毕业之前老师的叮咛嘱咐："找工作时，如果有企业以各种名义收取应聘者的费用，那它一定是骗子公司！"他心里忽然升起一股怒火，本来就心情不佳，又撞到这样一个骗子,心情自然更加恶劣,于是一挂电话便报了警。虽然感到有些可惜,但张辉更加庆幸自己没有上当受骗,"当时我就有了一个感觉,这个社会真的没有那么好闯,我才刚刚踏入社会,就险些被骗,真是——那句话怎么说?对,江湖险恶!"

慢慢熟悉这个社会

此后一段时间里,张辉学到的东西越来越多,他不是个从小娇生惯养的孩子,适应能力很强,所以他竟很快就熟悉了象牙塔之外的社会环境。

比如,在一次应聘时,他发现同去应聘的人穿着熨贴笔直的正装,这给了他很大启示。然后他发现,在他的整个应聘环节中,着装是个非常大的问题:每次应聘,他都随意地穿着自己的日常服装,鞋子也不考究,只能算是"干净"。

对于许多刚毕业进入社会的学生来说,很少有职业装的概念,但这个小发现让张辉忽然想起很久以前他在网上看到的一篇关于销售技巧的文章,那篇文中提到,一个人的着装能在最快时间内改变和提升自己的形象,这对于应聘者来说,是一个加分的筹码。

于是,张辉咬咬牙,花了四百多元买了一套职业装,对着镜子"孤芳自赏"了一下,发现确实比以前精神了许多。

当他再次踏足人才市场时,虽然里面依然人头攒动,但他的自信和底气终究与以前不同了。

不过,虽然"装备"升级,但客观环境依然没能给他好的答案,他将人才市场转了好几遍,还是没有找到一个合适的工作。

之后的日子里,张辉几乎天天跑去人才市场。有一次,好不容易找到一家接收应届毕业生的农业资源公司,谁知培训了几天,他们忽然告知张辉要去广东。"广东"和"山东"虽然只一字之差,却相隔万里。张辉曾经在暑

人生四季
◎就业季◎

假的时候去过广东打工，那里的环境和饮食是他所不习惯的。所以，当他听到公司要派他去广东而且一去就是三年的时候，他就像是从天上一下子掉到了地上，落差之大，令他几乎郁闷得要撞墙。

结果可想而知，张辉拒绝了去外地的要求，也失去了这份工作，而他来回奔波了这么些日子算是回到了原地。

而后，张辉回顾了将近两个月的找工作经历，做了一下总结，赫然发现，他之所以这么久没找到工作是有原因的！首先，他要求是农林护理相关专业的工作，其次他要求工作地点是在山东泰安，别的地方概不考虑。仅仅是这两点，就将许多企业拒之门外。

迫于眼前形势，张辉不得不做出一些"让步"，他衡量再三，决定自己找工作的两个条件中应该舍弃其一。最终，乡土观念极重的他决定放弃抛开专业问题，先就业再择业。

于是，张辉再去人才市场找工作的时候，便不再仅仅关注农林护理专业和地点在山东泰安的工作。即便如此，很多企业依旧将他拒之门外，因为同样应聘一份工作，相关专业的毕业生还用不完，招聘人员怎么会用一个和专业无关的人员呢！无奈之下，张辉便选择了做销售，他是病急乱投医，毕竟口袋里的钱一天天减少，而他又不想再伸手向父母要钱。吃了一个月的馒头和泡面，张辉没有做下一单业务，这意味着试用期不合格，也就是说张辉失去了销售的工作。他拿着微薄的底薪在出租房里大睡了一天，累，身心都累，他甚至对应聘产生了一丝丝的恐惧。最后张辉选择回老家。

家是避风的港湾，他清楚地记得，父亲骑着自行车到村口来接他。他看着父亲佝偻的背，心里很不是滋味，可他却欺骗父亲说工作还没开始找，因为学校的事情还没处理完。老实巴交的父亲相信了儿子，甚至，晚饭的时候特别加了两个荤菜。在张辉父母眼里，儿子考上了大学是件光宗耀祖的事，如今大学毕业更令家里蓬荜生辉，他们只要静等儿子在社会上开辟出一番新天地即可。他们哪里知道，2008年经济危机波及全球，中国尤为严重，失业

第五章　心态决定成败

率上涨，就业率下降，他们的儿子在外闯荡近三个月甚至不能解决温饱问题。

真实情况只有张辉一个人知道。白天，他随父母去地里干活，因为从小鲜少接触农活，张辉干得很吃力，父母见状便让他待在家里，即便有时下田，也只交给他一些简单的活计。时不时的，他会遇到村里的同辈或长辈，同辈人有的已经结婚生子，有的虽没上过什么学，倒也踏踏实实地找了工作。每当邻里问张辉在哪里工作、现在做什么，或者是怎么还不去上班的时候，张辉恨不得找个洞钻到地下，他不想回答，也不想欺骗，更不想驳了面子，丢了头顶的光环，通常他都是哈哈一笑带过。时间长了，村里人的风言风语便多了起来，甚至有的人拿张辉当起了反例：上大学又能怎么样？还不是回家来啃老，这上学花的钱够一个人花一辈子了，所以，大学上不上真的无所谓。张辉听后心里很不是滋味，好在父母从没问过他工作方面的事情，他仍旧可以当一当缩头乌龟。

直到有一天，父亲问张辉什么时候出去工作的时候，张辉的心理防线彻底崩溃，他如实和父母说了找工作时所遇到的情况。父母开始没说什么，可时间久了，他们也受不了亲戚和邻里的指指点点，便催促张辉出去找工作，哪怕去工地给别人搬砖头也比待在家里强。听到父亲要他去工地给别人搬砖头，张辉很是生气，他认为，自己是堂堂的大学生，怎么能做那么低级的工作？一气之下，张辉选择了离家出走。

张辉朋友不多，他能找的也只有大学舍友小李。小李和他学的相同专业，如今在一家酒店做服务员，张辉找到他的时候也没多说，只说想在他租的地方住几天，小李答应了。那几天，张辉泡在网吧疯狂地投递简历，结果都石沉大海。而小李租的地方，张辉住着也很不方便，十五平米的小屋子，一张单人床，公用卫生间，条件是简陋得不能再简陋了；并且，小李还有一个女友，隔三岔五地会来看小李，张辉看着他们恩爱的模样很是羡慕，却也从小李女友的眼中看到了厌烦。也是，一个大男人天天不去工作，蹭吃蹭喝的，放在谁的身上都难以忍受。张辉在小李那儿住了一周便找了个借口准备离开，

人生四季
◎ 就业季 ◎

小李知道张辉还没找到工作,也知道张辉家里的情况,便将张辉介绍到自己工作的酒店,职位毫无意外也是服务员。

"哥们儿!骑着驴找马,先得填饱肚子。"小李乐观地和张辉说,看着张辉还在犹豫,他又道:"面子诚可贵,生命价更高,成龙早年跑过龙套,梁家辉落魄时还摆过地摊呢,所以,现在所做的并不代表你以后所做的,你以后所做的并不代表你一生所做的。"一番话如醍醐灌顶,彻底将张辉浇醒,如果说他之前还有些犹豫,拉不下面子去干最低级的工作,那么现在,他心里是一片坦然。小李说得对,任何成功的人都不是一帆风顺的,必然会经历一些风雨磨炼。他满怀热情地应聘上了酒店服务员,虽然心里仍旧有一些不适应,可相比之前他的心态好了许多。可是,任何工作仅仅有热情是不够的,张辉发现,任何职场都有钩心斗角,即便是服务员这个最基层的岗位。他刚刚走出校门,以谦卑的姿态向在酒店做得久的一些服务员求教,可渐渐地他发现,越是诚实越受人欺负,一个比他还要小的主管总是喊他做这个做那个,哪怕是他忙着别人还在闲着。后来他才发现,他没有其他人圆滑,没有用金钱或物质打点这个小领导,所以小领导怎么看他都不顺眼。另外,在酒店住过或工作过的人都知道,服务行业侧重的就是服务,早起晚睡是常态,时不时的还要受到一些不讲理顾客的指责和谩骂。开始,张辉会忍住顶过去,可顾客每投诉一次,他便被扣一次钱,起床晚了迟到还要扣钱,他真的很想撂挑子走人。然而最终他忍了下来,他不相信自己连小小的服务员一职都做不好,小主管和同事无故找碴儿,他不怕,他投其所好不就可以了嘛!韩信尚能忍胯下之辱,勾践也曾卧薪尝胆数年,结果他们一个成了大将,一个成了大王,而他比起他们相差太远了。

有客户不满意,张辉将身段放得更低,更加诚恳耐心地给他们解释,一遍不行两遍,直至客户满意为止。张辉一点点地进步,三个月后他被评为最佳新人,半年后,他做上了前厅主管。

生活似乎在沿着好的轨道行走,而张辉也在酒店待了近一年的时间,这

第五章　心态决定成败

一年期间他看尽了人间冷暖和世事无常，心态越加的平和。同时，他仍不忘学习，考取了农林护理专业的高级证书，因为他心中仍有一个梦，有关造福家乡的梦。而一件事的发生，让他最终决定从酒店走出去，然后勇敢地迈向自己的梦想。那是晚上九点的时候，张辉正准备下班，因为马上就要高考了，这几天入住酒店的人很多，所以张辉也常常忙碌至夜深。当他脱下工作服交代其他员工剩余事项时，一个年过花甲的老人走了进来，他背着一个包，看起来精神矍铄，身旁是一个高中生模样的小男孩。老人的声音很大，像是在教育小男孩，也像是自我陈述回忆："六十年前，我偷偷学习，终于拿下了初中文凭。五十年前，我发现教书很好，便努力做了小学老师。四十年前我和我儿子比赛看谁能率先拿到游泳教练资格证，结果我赢了他。三十年前，我发现还有大学文凭便立志拿下，那时我已经四十多岁，我考了十多年也没考上。大学嘛，不努力哪有想上就上的？我也消极过，也曾放弃过，可我没有自暴自弃过，所以我在十年前终于考上了理想的大学。小文，都说活到老学到老，爷爷活了一辈子，也学了一辈子，学到的最有用的一句话便是，天将降大任于斯人也，必先苦其心志，劳其筋骨，饿其体肤。一个成功的人，伴随他的往往是汗水和泪水，你还小，不能止步于当前，更不能碌碌无为地这么过下去……"老人还说了很多，张辉却只记得"不能止步于当前，更不能碌碌无为地这么过下去"这句话，这句话就像格言给张辉敲响了警钟，他如今又何尝不是贪恋一时的安逸而不想即刻启程？

张辉几乎一夜未眠，然后写了一份离职申请，虽然他在酒店行业做得很好，可他知道，这不是他想要的成绩，他想按照自己的想法走。酒店经理再三挽留，可张辉去意已决，经理最终表示，只要张辉想回来，随时都可以回来。此言是对张辉先前所受磨难的最好报答，另外，酒店员工为张辉举办了欢送会。

因为有了工作经验和扎实的专业知识，张辉最终选择了一家农药厂。他应聘的职位是管理岗位，因为专业对口，企业前景发展很好，张辉想只要能

人生四季
◎ 就业季 ◎

被录用，哪怕就算做个小小的推销员也好。结果，他也就真的应聘上了推销员的岗位，据说这推销员的竞争不亚于高考的竞争。

张辉作为推销员被分到一个大区经理的手下。陌生的环境，陌生的人，一切都很陌生，唯一不陌生的是他脑子里的那些专业知识。他在学习农林护理专业的过程中，接触过各种农药制剂，这给他为粮农、果农们介绍农药时提供了技术支持，而其他一些非专业的推销员却在这方面有所欠缺，讲解比较生硬，甚至很多人不过是在照搬说明书，都不如张辉应用得当。第一个月，销售业绩最好的是张辉。

然而，张辉并没有满足于所取得的成绩，他发现如果推销农药的时候多给客户提提意见，指出园林如今所面临的问题，十个有九个便会和他合作，并且还会介绍其他客户给自己。这是一个良性的连锁反应，张辉靠着自己擅长的专业知识，很快便积累了一大批固定客户。公司为了留住人才，也为了自身利益，根据业绩直接将张辉提升到大区经理的岗位。而做了经理的张辉并不满足于此，他又拿起了营销方面的书籍，努力钻研营销方面的学问。五年后，张辉做到了营销总监的职位，现在的张辉已经不是刚毕业时毛毛躁躁的小青年，如今的他带领着自己的团队游走于各个省市之间，成了公司的骨干人员。

张辉的事迹并非偶然，也并非不可复制，细心的读者可以看出，张辉是个善于学习和总结经验的人，并且他乐于虚心求教，又能吃苦，有一个良好的心态。纵观为世人所熟知的"成功人士"，他们的成功秘籍，无不是首先有一个良好心态，若非如此，张辉也不会一步步走到现在，很可能困难早就将他压垮了，他甚至无法走出贫困的家，或许会一直停留在抱怨的泥淖之中。

讲完这些后，张辉意犹未尽，坚持要给我讲一讲他的高中同学小林（化名）的故事，并说："小林的故事一点儿不比我的逊色，他甚至是我的偶像！"

小林和张辉同岁，现在是个身高将近一米八的大小伙子，但小时候他的个子却是班里最矮小的，因此经常受人欺负。张辉和小林是邻居，一起上下

第五章　心态决定成败

学,自然比其他同学更亲近,因此每当小林受欺负时,张辉都会出面制止。虽收效甚微,但小林因为有张辉这样一个好朋友而渐少了一些自卑,要知道,有口吃的孩子,最后都不愿和别人交流的。

高中三年,小林和张辉算是挚友,或许出于同情的心理,张辉在学习上尽力帮助小林,也正因为走得近,张辉看到了小林所付出的超乎常人的努力。正是小林的坚持也让张辉在日后找工作碰壁时一遍遍地想起他,一遍遍地激励着自己。而在当初他们谈论想要报考的专业时,小林告诉张辉他要报考商务英语这个专业,张辉还是大吃一惊,因为小林从小口吃,正常的话语还时常停顿,更别说一口流利的英语了。说实话,那一刻张辉觉得小林脑子有病,可又不便明说,怕打击他,只好说让他好好考虑考虑和家人商量后再做决定。谁知小林这么执拗,从他和张辉说要报考商务英语那一天起,便效仿电视里曾介绍的一个人那样,口中含着石头朗诵。高中教学楼旁有个英语角,小林便不分春夏日日去那里读两个小时的英语,还是很大声的那种。渐渐的,张辉发现,小林口吃的次数变少了,吐字清晰了,似乎每天都有那么一点的进步。在小林的影响下,张辉也更加努力地学习。最终,功夫不负有心人,两人双双考入理想的学府,张辉选择了农林护理专业,而小林选择了最初的坚持——商务英语专业。

步入大学生活,小林依然比其他人努力,他在大二的时候便拿下了英语六级证书,大三拿下了专业八级,年年拿奖学金,上了学校的光荣榜。大学毕业后,小林并没有选择留在山东而是去了北京,小林想得很简单,北京毕竟是首都,是外国人最多的城市之一,而他学的是商务英语,所以找一份有关商务英语的工作一定很容易。当小林满怀期待地乘火车抵达北京后,国际大都市的繁华一一展现在他面前,这让小林感觉自己很渺小,同时内心又充满兴奋和自豪之情。这是他第一次来北京,来到天安门广场看到毛主席像,这些从前只能在课本上看到的画面如今变成真实场景出现在小林面前,他怎能不激动?在天安门广场上,小林想了很多,他想到了含辛茹苦养育自己成

人生四季
◎ 就业季 ◎

人的父母，他想到了高中没毕业便外出打工供自己读书的妹妹，小林暗暗发誓，他要加倍努力地工作，让父母和妹妹过上富裕的生活。

兴奋之后，小林首先面临的是住宿问题。他找了一些小旅馆，很不起眼但价格却比山东泰安高了很多。小林摸摸包里的钱，摇摇头离开。最终他找了一个地下室，住很多人的那种，二手房东将大房间隔成小房间，一列列一排排地立在那里。虽然小林知道这样改造而成的小隔间存在安全隐患，也是政府所不允许的，但他仍旧为自己找到这样一个住所而开心，毕竟他不用像流浪汉一样露宿街头，这是他迈向成功的第一步。

为了节省开支，第二天小林便早早起床去了人才市场。对于北京，他是陌生的，这种陌生让他恨不得立刻找到可以攀附的归宿，然而到了人才市场小林才发现，找工作的远比招聘的企业要多得多，几十个甚至几百个人竞争一个岗位。隐藏在内心一直被压制的自卑感再次露出苗头，小林看着那些优秀的应聘者，心里竟可耻地打了退堂鼓。第一天去人才市场，小林竟没有投出一份简历，收获到的只是极大的心理压力。小林给张辉打电话，张辉安慰他说："没关系，不投递简历你怎么知道自己不合适？你得让自己成为'面霸'，现在是自由市场，有很多机会可选，最不济你打道回府回山东泰安，我伸出双手拥抱你。"一番话说得小林热泪盈眶，他在张辉的鼓励下勇敢地投出了多份简历。和张辉最初找工作一样，很多简历都石沉大海，倒是没有骗钱的电话。最终小林接到了一家英语教育培训机构的通知，说可以参加他们的初试。小林高兴极了，他连连感慨工作都是给有准备的人，你不去找难道还指望工作自己砸到你头上？初试的当天，小林做了一番梳妆打扮，身上穿的是廉价的职业装，这是张辉告诉他的，张辉说，穿职业装会给面试官留下好的印象，也代表你对对方的尊重。

当小林转了好几路公交车，找到公司的时候，里面早已有不少人在那儿等待。小林看到排队的应聘者，暗暗给自己鼓劲。等待了大约一个小时才轮到小林，面试官是两位很年轻的人事专员，他们是对众多应聘者进行一个简

第五章 心态决定成败

单筛选,有合适的,才会有资格进入下一轮复试。尽管两位人事专员看起来比小林大不了多少,可小林面对他们还是有无法抑制的紧张。他回答得结结巴巴,小林参加初试的时间不到两分钟,相较于其他人在时间上便少了很多,尽管如此小林还是心存希冀,这是一种侥幸心理,就像买彩票渴望中奖一般。事实证明,抱着侥幸心理的人通常会大失所望,小林等了差不多一周时间,也没等到公司的复试通知。小林在失望之余给张辉打了电话,从电话中得知张辉找工作也不是很理想,还差点被骗子欺骗。两人互相安慰了一番,小林准备再度进攻职场。

小林回顾了自己这些天的历程,他发现自己心态太差,首先需要锻炼的便是面对面试官要有一个良好的心态,这就相当于机会好不容易来了,结果自己没能力抓住,想想怎不让人觉得可惜!有了认知便去努力,小林拿出克服口吃的精神来克服紧张,每次去人才市场,他都要和不同单位的招聘者聊聊天,尽管只有寥寥数句,但小林从开始时的紧张慢慢变得处之泰然,虽然小林仍旧没有投出一份简历,可他却一点点地在进步。最终,小林选择了一家相对来说小的外贸公司,做电线电缆的出口。选择这样的小公司有他自己的想法:一是这个公司刚刚成立不久,对应聘者的要求相对来说不是很高;二是这样的公司对于新手小林来说是机遇也是挑战,因为,公司上升的空间很大。小林应聘的职位是外贸业务员,双方相约一个月出成绩,若出不了成绩便视为自动离职。小林认为这个条件太简单了,一个月三十天怎么也得拿下一单业务吧。然而,一个月很快过去,小林却真的没有做成一单,其中多半是他经验不足,遇到询价者不懂得打太极,对方没有表现出兴趣便不再跟进,直至成为其他同事的客户后,他才幡然醒悟,原来做业务讲究的是趁热打铁,而不是一蹴而就。

小林接着又跑了好几家公司,他觉得自己不太适合做销售,便转看其他行业,比如后勤和行政。好不容易被一家皮包公司录用,工作当天便是出去发传单。原来,很多公司利用应届生的单纯和无知,采用压低薪资好管理的

人生四季
◎就业季◎

办法让你干其他工作，比如你应聘人事，他先让你从电话营销做起；你想卖房，他让你从发传单做起。还有一次，一个公司给小林打电话说是高薪诚聘英语教课老师，入职后五险一金全交，并且双休、年休还有年终奖……各种优厚的条件，小林一听有这好事，兴奋了一夜没睡好觉，第二天便循电话里所说的地址找了过去。走的路越来越偏僻，他向一个等车的人询问，对方用奇怪的眼神看着他，最后低声对他说：小伙子，你所说的地方传销很多，你是不是遇到了搞传销的？我看你还是别去了小心出不来。小林被吓出一身冷汗，原来幸运之神一直都不可能轻易降临到他身上，原来仅凭一腔热情并不能得到应有的回报，小林精疲力竭地返回。之后小林长了心眼，凡是高薪招聘的岗位，他都要认真核实，而核实的结果便是类似传销的工作……那些日子，小林早出晚归，回到出租房里独自咽下苦水，他无处可诉，难道上了几年的大学，最终只得到这样一个结果吗？小林第一次对自己如此努力考上大学产生了怀疑。

他在群里和同学朋友交流，发现大家过得都不尽如人意，很多高学历的人都在做着和自己所学专业不相符的工作。他默默关掉了群消息，小林不想受负面消息的影响，尽管如此，他的心情还是处于从未有过的低落。

父母打来电话询问小林在北京是否过得安好，钱是否够花，小林只报喜不报忧。几个月过去了，小林口袋里的钱越来越少，无奈之下，他向张辉求助，谁承想，张辉竟然从山东泰安回到了老家。说得好听是回家休息休息，其实小林知道，回家只是最后一条退路，两人的谈话中，小林听出了张辉的郁闷和无力，他匆匆安慰了张辉几句，便再也说不出一句话来。

没有工作的日子，小林过得很是压抑，有时他看到来来往往的车辆，竟有种想要撞上去的冲动。压垮小林的最后一根稻草是他的钱包被小偷偷走了，里面的钱和证件全部丢失。小林终于有了借口回到家中，尽管这并不光彩。回到家的小林享受到了久违的温暖，可时间一长，他便像张辉一样，不敢出门，怕见邻居，整天待在家中无所事事，父母的唉声叹气让小林心如刀

第五章　心态决定成败

绞。小林约张辉出来吃饭，他们找了一个路边摊，要了烧酒和一盘花生米，小林给张辉说着北京的经历，伤感之处还流下了眼泪。而张辉向小林讲述自己在山东泰安的遭遇，同样红了眼眶。两人喝得酩酊大醉，相搀而归。之后的日子没有丝毫改观，张辉仍旧被村里人指指点点。小林只待在家中闭门不出，而有一次和表哥的谈话让他再次点燃新的希望。表哥说他一个朋友所在的电力安装公司在招一个内勤，要求肯吃苦能干问小林愿不愿意。内勤说白了就是勤杂工，别人不干的活都是你的，小林自认为他具备这两项优点，便一口应承了下来，再如这般待在家里无所事事，他一定会疯掉的。

小林是病急乱投医，到了工作地点，他才发现自己所学四年的英语知识压根毫无用处。有那么一刻，他想和表哥说我不干了，我不想丢掉老本行。可是一想起在家里无所事事的痛苦，就忍住了。他想通了，三百六十行，行行出状元，没接触过电力安装并不代表自己不适合这份工作。他相信那句话：世上无难事，只要肯登攀！

人一旦放下思想包袱，便会拥有更多前进的动力。小林作为一个内勤人员，替上司跑腿拿东西是家常便饭，替同事买饭值班更是不亦乐乎。正是小林这种淳朴肯干的精神让他收获了一大帮好哥们儿，而他的工作也得到了上司的肯定。结果上司一句话，小林便提前转了正，工资提高不说，他的职位也从内勤转变到电力安装主管助理。原来电力安装主管正是欣赏小林这种不怕吃亏积极上进的品质。于是，小林的工作不再只是跑腿打杂的内容，他跟着电力安装主管走乡串户检查电路更换破损零件，有时电力主管会给他讲解一些电力安装方面的知识，小林认真听讲，将主管的话一一记在心里。渐渐的，他真的对电力安装这个行业起了兴趣，他利用休息时间买了好几本有关电力安装方面的书籍，抽空便拿出来啃，遇到不懂的内容，第二天便去请教主管。主管也是一个爽快人，将自己积累的经验倾囊相授。

大约一年后，一次用电高峰期，有好几个小区出现了线路不通、无法用电的问题，主管一个人忙得不可开交，说："小林，你学的时间够长了，电

人生四季
◎就业季◎

工证早就拿下来了，今天去实践实践怎么样？"听主管这样说，小林有种难言的激动，就像擦拭了很久的光亮的长枪，终于等到上战场的那一刻。

　　小林强忍激动的心情，拿着工具选了一个小区去检查，好在检查线路并不复杂，很快便找到了线路不通的真正原因，原来是用电高峰期，电流过大造成了保险丝熔断。小林快速更换了保险丝，在电路通畅的那一刻听着耳边传来的欢呼声，他感到十分自豪。下楼的时候，遇到一位大妈，大妈说她家里灯管不亮，怀疑是突然断电造成的灯管破损，询问小林能不能去她家看看，小林爽快地答应了。到了大妈家，小林卸下灯管，拿测试工具测了测，线路正常，可当他重新换了灯管后还是不亮。小林纳闷了，又将疑似破损的灯管换到其他地方，却亮了；很显然，灯不亮并不是灯管的问题。小林摸索了好久也没将灯重新点燃。大妈也不催他，还给他倒了茶水让他慢慢检查，小林绞尽脑汁，用尽各种办法还是不行。无奈之下，他只好给电力安装主管打电话，主管给他做了小小的提示，小林按照提示很快将大妈家的电路修好了。通过这件事，小林算是明白了，现在的他虽然理论知识扎实，可缺乏实践经验。之后再和电力主管一块儿外出时，他不仅仅只局限于用眼观察主管的操作，而是主动请缨，请求将一部分工作交给自己。主管看着这个肯上进的年轻人，颇为欣慰，而小林在一次次的实践中学到了课本里没有的那部分知识。

　　同样因为小林的踏实努力，他认识了自己人生中最重要的另一半——小蓝。小蓝和小林同属一个公司，小蓝在行政部门，因为工作的关系，和小林有过不少接触。小蓝被小林虚心上进的精神所感动，她坚信小林是个潜力股，而小林也被小蓝善解人意的性格所吸引，两个年轻人越走越近，终于在七夕那一天确定了恋爱关系。时间在悄无声息地度过，又过了大半年，小林几乎能独立进行外出操作，主管也放手让他去干。用户的反馈很满意，很多客户点名让小林为自己服务，原因是小林态度好，手艺高，口碑一点点地积累起来。又一次人事调整时，小林从电力安装主管分离出来，负责另一个区域的电力监管工作。在小林的管理下，这个区域的几个小区从来没出现过用电问

小林和妻子

题，大家对小林的满意率上升到百分之百。而小林在负责电力监管工作的同时从来没放弃过学习深造，公司针对内部员工有技术培训的课程，小林作为年轻骨干被举荐上去。

在培训期间，他比其他人都要认真努力，短短数十天培训，仅笔记他就记了厚厚一本。小林不吝于独自分享，他像曾经的电力主管一样，将所学所得传授给其他同事。然而，小林也通过此次培训看到了自己的不足之处，他所掌握的知识基本都是自学所得，很难上升到另一个理论高度，所以他毫不犹豫地报了省内一所有名的电力技术培训学校的课程。公司对小林此举表示很大的支持，还将小林当成公司的楷模大力宣传，号召大家学习小林勤奋好学的精神。此时，张辉向笔者讲述小林的故事时，小林仍旧在技术学校学习，其间还打了一个电话给张辉，准备邀请张辉参加他和小蓝在年后的婚礼。张辉开心地应诺了，挂断电话后，张辉说，小林取得如今的成绩全靠他一个人的努力，小林曾和他说过，他的梦想是做到电力公司总经理的位置，他想站在更高的平台看得更远一些。而公司准备在小林学成归来时给他升职加薪，毕竟，想留住优秀的人才得拿出更加优渥的条件。

"小林是怎么打算的？他成了蛟龙还会甘于留在这个小地方吗？"笔者忍不住问张辉。张辉摇摇头："不知道，或许吧。毕竟人不能忘本，电力公司算是给了小林第二次生命，是让小林人生发光的地方，更何况他和小蓝还是在这里相识相恋的，电力公司又算是他们的红娘。"

是啊，人不能忘本，说得多好，不管一个人日后多强大，他都不应该忘记最初给予自己这一切的地方。不仅如此，一个人的成功也离不开良好的心态和一颗努力向上的心，张辉、小林都做到了，他们也都成功了。

"有机会能不能将小林约出来，我想和他聊聊。"笔者对张辉口中的小林十分感兴趣，他的经历似乎比张辉还要曲折。当然小林的所得也比张辉多一些，毕竟，小林在事业还算成功的时候，又找到了爱人，可谓是事业爱情双丰收。

第五章 心态决定成败

"可以啊，到时候你们的谈话保证比我和你说的还要精彩。"和张辉的谈话即将结束，张辉通过笔者也向如今正在找工作和已经找到工作的年轻人传达几句自己的观点：年轻就是资本，所以遇到任何事情都不要怕，勇于做乘风破浪的掌舵手，心态持稳，切忌焦躁，胜利的彼岸就在前方。

张辉和小林的故事大概就是这些，两人的成功有异曲同工之处。同样是农民家庭的孩子，小时候吃过很多苦，但他们都有一颗不服输的心，上进的心，他们同样跌倒过又都爬了起来。他们同样不甘于平庸，努力在颠簸中把握机遇，勇敢前进。他们经历过最初的迷茫和困惑，他们同样失望过消极过，想过要放弃，可他们最终均取得了傲人的成绩，给家人也给自己一个好的交待。他们还年轻，笔者相信，随着岁月的磨砺，张辉和小林一定会在各自的领域开辟出更加广阔的天地。

摄影:倪晓

第六章　工资

2014年6月的一天，我坐了八个多小时的长途汽车，来到位于河南南部的信阳市。

这一天刚好是端午节，街上随处可见"欢庆端午"的字样，以及匆匆回家过节的人们。

看着手机上朋友发给我的地址，绕过纺织小区，走了几个小巷，终于到了我的目的地。一户人家门口停着辆金杯面包车，车身油漆斑驳，相当破旧，车边摆了一个折叠桌，桌上三个小菜，凉拌毛豆、拍黄瓜和红烧鱼，旁边躺着几个大粽子，还放着一瓶白酒。俨然是今天过节的全部准备。

有一个黝黑的男子坐在酒桌后面抽烟。我对过门牌号，上去与他打招呼："你好，请问你是老陈吗？"

老陈是我一个朋友的同学，名叫陈昂（化名），我那个朋友听说我在搜集有关大学毕业生就业问题的资料，于是给我推荐了老陈。

老陈显然先愣了一下，看了我一下，忙点点头，拉开身边的凳子，示意我坐，然后又递过一根烟来。

我婉拒，倒不是因为他的烟太低档，而是我真的不抽烟。

但老陈还是坚持塞过来一根，我只好接过来拿在手里，然后又轻轻放在了桌子上。

这时，老陈转身泡了杯热茶，递给我："路上辛苦了。"

老陈的声音相当嘶哑，不禁让我一惊，这种音色对于一个三十来岁的人来说，太苍老了！虽然来这里之前我已经得知，做他们这一行的人，经常要加班加点，忙到犯困，只有靠抽烟提神，几乎个个都是烟鬼……可是，我没想到，老陈的嗓子会被香烟害成这样，他一开口就听得出来，咽炎十分严重。

我悄悄地仔细打量他几眼，高高瘦瘦，满脸疲倦，眼神淡漠，头发中夹杂着不少白发，仿佛已经年过半百，是个充满沧桑感的中年人。

见我看他，老陈憨厚地笑了笑，一咧嘴，露出黄黑的牙齿。

我们闲聊了几句，如朋友所说，他是个不善言辞、拘谨、木讷的人，总是低着头，我问一句就说一句。我有心打破尴尬局面，于是开玩笑说："陈大哥，你一字千金啊！能不能多说两句？"

他不好意思地说："一喝酒，我的话就多了！"然后又一个劲地劝我吃菜："你吃，你吃啊！"

酒过三巡，我再次提起此行的目的。老陈闻言久久地沉默了，然后，他点燃了一支烟。

我没有催促，以便让他有时间整理思绪。

猛吸几口烟后，老陈长叹口气："唉，我该从哪里说起呢？"

我引导他："你想想，工作这几年来，让你印象最深刻的事情是什么？"

他猛地苦笑一下："有了——我想说说，我实在不明白，过去电视里总是说农民工被拖欠工资，叫天天不应叫地地不灵，可这倒霉事怎么也会落在我的身上！"

装潢设计

老陈1984年出生于河南信阳市，生活一直平平淡淡，学习成绩既不突出也不落后。2003年，他考上了陕西一所大学。

在选择专业时，老陈的爸爸妈妈要他慎重考虑，老陈向舅舅和已经毕业

第六章 工资

参加工作的表姐请教，又征求了高中班主任的建议，最终得出一个结论：中国房地产业越来越热，要么学习盖房子，要么学习修房子。

老陈想了想：盖房子风险比较大，房子塌了还要担负责任，而且据说建筑设计需要用到很多数学和物理方面的内容，这不是我所擅长的。于是，他决定修房子，坚决地选择了室内设计专业。

在许多人眼里，室内设计是个很有面子的工作——坐在办公室里吹着空调，用用电脑，动动嘴皮子，画几张图，客人就乖乖掏钱。老陈也这样感觉，对选择这个专业的前景一片看好。

大学四年，老陈当真是"好好学习，天天向上"，不但顺利完成了学业，还经常央求专业老师带着他参加一些室内设计的实习，虽然都是无偿劳动，但在他看来确实是难得的实战锻炼机会。

毕业后，老陈拿着毕业证回到信阳市，然后找到一家装修公司，投递了简历。而后，老陈轻松通过。他还记得面试的时候，老板没跟他谈什么专业内容，只对他说："工作要踏踏实实，只要努力就有你的出头之日！要有团队精神和奉献精神，不要一味计较蝇头小利的得失！"

当时的老陈认为老板说得没错而且坚持就是成功宝典！他也这样告诫自己：我才刚毕业，正处于一个积累经验的时候，至于工资收入是其次的，现在的经验以及老板和客户的认同才是真正的财富。

"就这样，我正式成了一名室内设计师，试用期一个月，转正后月薪两千五，有提成。"老陈说这句话的时候，脸上露出一丝怪异的微笑，我实在咂摸不出那笑容的意味。

信心满满的老陈决定大干一场。但是很快他就发现，这份工作并没当初想的那么舒服。

在最初，最让他头疼的是一些难缠的客户。一些客户，经常拿不定主意，以至于方案改来改去，反反复复；一些客户，总是在拍板设计方案后又嫌装潢费用太高……在中国，从事服务业的人很容易就能遇到这种情况，在老陈

107

人生四季
◎ 就业季 ◎

看来，很多买房的人要么是审美水平不达标，要么就是买完房后基本上就没有用来装修的钱了，因此，他和其他设计师们经常遇到各种让他们哭笑不得的尴尬事。

有一次，老陈遇到一对三十来岁的夫妇。

按照惯例，老陈在一开始就询问客人的风格诉求："你们想要什么设计风格？"

"地中海风吧！"

很明显，那对夫妻是做过一番功课的，不但坚定地回答要地中海风，还带了一些相关的设计图片。

所谓的"地中海风"，是中国近几年兴起的一种装修风格，主打蓝、绿、红、黑色调，风格鲜艳跳跃，崇尚大胆混搭，因而深受许多年轻人的喜爱。

老陈翻了翻他们带来的照片，发现他们准备得还挺丰富的，心说这样的客人才比较好沟通。于是他满有信心地说："你们放心好了，我一定好好设计。"

他已经入行一段时间，做过好几套地中海风格的房子，可谓有了经验。而且这户人家的房子有一百八十平米，设计费提成可观，老陈自认做得特别用心。设计图纸出来以后，老陈给带他的设计师师傅看过，师傅还夸他客厅墙壁的用色大胆，每个房间的储物功能设计实用。

当老陈开开心心地把设计交到客户手里时，男主人却提出完全不喜欢鲜明色彩的房间："你把房间的墙壁都涂得这么蓝兮兮的，家具又五颜六色，我晚上怎么睡得着？"

说完，客户又甩出一个照片，说："你看见没有，我买好了一张实木大床，颜色是深褐色，完全与房间内海蓝色的墙纸不搭调！"

老陈一看照片附带的买床合同记录，显示着是前两天才买的，而自己昨天和他们电话沟通的时候，他们对此根本就只字未提。

这种情况，以前遇到过几次，老陈多少已有点儿习惯了，所以也没放在心上。

第六章　工资

他注意到客人新买的床是美式风格，虽然与既定设计风格不同，但因地中海风具有相当强的包容性，所以这两者也是可以混搭的，而且只要能在一些细节上进行一些别具匠心的小调整，说不定还有意想不到的收获。

老陈马上用软件把设计图中的美式床放进效果图，又把其他家具的颜色改为较为和谐的色调，然后问客人："您看这样可以吗？"

客户盯着电脑屏幕，脸上显露出迟疑的神色。

老陈急忙解释道："一般情况下，地中海风格的墙面我们都会给设计为蓝色或者相近色调，显得清新、阳光……"

"不行！"客户粗暴地打断老陈的话，"你作为一个设计师，是不是也太懒了点儿？呵呵，你别当我不懂，把上面的颜色换一换就了事。你马上重新修改，我马上就要开工的！这倒好，工夫全都耽搁在你这里了！"

事实上，这天刚好是老陈女朋友的生日，原本说要去吃饭的，但面对客人提出的要求，他只能无奈地乖乖答应，给女朋友打了个电话，就开始加班修改设计。

这一次，因为担心客人不满意，老陈做得格外仔细，在网上查阅了不少相关资料，又在草稿纸上写写画画，好久才最终拿定了主意，一直做到凌晨三点多才把方案完成，然后战战兢兢地把效果图发到了客人的邮箱。

次日一大早，老陈还没到公司就接到了那个客户的电话，然后莫名其妙地挨了一通臭骂："你发来的东西我看了，坚决不行！基本上没怎么变，就是换了换颜色，不好看，显得非常低端！我感觉你这个设计师完全不负责，根本就是在敷衍我！"

老陈心里窝着一股气，更多的是委屈，但他忍着火气，耐心地解释着自己的设计理念。

这时对方又说：我不想听你说什么色彩和风格，我就是要一个高端大气的视觉效果！——算了算了，电话里一时半会儿也说不清楚，我还是去你们公司亲自看着你改吧！"

于是老陈问道:"那么,您什么时候有空来看设计稿?"

结果那位客人忽然奇怪地大叫:"怎么你还催起我来了?我这边忙完了自然就过去了,去不去难道还得看你有时间没时间吗?难道这就是你们公司的服务态度吗?"

老陈窘迫得不得了,只好一个劲说:"我不是这个意思,我不是这个意思……"

一番不依不饶之后,老陈焦头烂额地挂上了电话,只觉心中一片凄凉。

几分钟后,老板从外面回来,一进门就冲老陈开口,而且言语中带着明显的不满:"小陈,怎么有客户投诉你服务态度太差?人家说你拖延方案!"

老陈丈二和尚摸不着头脑:"我没有啊,我一直在给客户设计着呢!"

老板不满地说:"刚才人家打电话来,说我们公司不够专业,设计效果差劲不说,服务态度也不好,还给咱们公司扣了一个'店大欺客'的帽子!人家那边那女的还说要到消费者协会起诉我们哪!我好说歹说,这事才算是拉倒了!小陈,你得检讨检讨,毕竟是因为你我们才丢掉这单生意的!"

以此为借口,老板扣掉了小陈当月的一半提成。

拖欠

然而,在所有老陈遇到的问题中,难缠客户的刁难倒还是其次,最让老陈头疼的问题,恰恰是他的这位老板。

当初刚进公司时,合同上说得清楚明白,每月月底准时发工资,提成也是第二个月中旬结算,绝不拖延。

但让老陈几乎羞于启齿的事实却是,他只有前两个月是按时拿到的工资,之后无一例外是被各种借口、以各种方式拖欠的。当时他刚刚涉足这个行业,虽然设计能力不错,但因为行为处事尚欠火候,一定程度上拖慢了工作进程,一个月做不了几单,而且还会遇到客户投诉这种事,这些都成为老板克扣工

第六章　工资

资的借口。

而之后的一年中，公司不但发工资完全不规范，有一次竟然一连四个月见不到一分钱。时间长了，有的同事实在扛不住了，就敲开老板办公室的门追问工资。

一般这种情况，老板总是不缺少一大堆理由的，比如"公司财务上暂时比较紧张"，比如"很多客人一直拖欠不结算"，如此种种，不胜枚举。而最后，也必然会信誓旦旦地保证："一有了钱立刻给你们发工资！"

老板的车是一辆开了十多年的桑塔纳，他经常借此和讨薪的同事们说："你们看，我每天开着它，很危险的好不好！我都在拿自己的生命冒险，可有什么办法！咱们的公司要做大，资金很重要，为了将来的你们能涨工资，我必须这么拼！我没钱，我的钱都投到咱们的公司里了！咱们现在要做的就是齐心协力，同舟共济，把我们的公司当成你们自己的公司，这样我们的公司才有希望！我，还有你们当中的每一位，才能开上奔驰、宝马！"

半个月后，老陈看到一辆崭新的宝马 X3 从公司后面的停车场缓缓地开出来，车里老板那个光秃秃、油亮亮的大光脑门实在太醒目，让老陈想认错都难。

看到了老陈，老板的脸色略微尴尬，他一个刹车停在老陈身边，摇下窗子，笑嘻嘻地说："小陈回家啊？朋友的我借出来开开，刚才打电话要，我要去东环方向，不知道和你是不是顺路，要不要送你一程？"

老陈摇摇头，说了声"路上小心"，走开了。

这件事过去没几天，和老陈谈得来的一个同事小磊（化名），向老陈发牢骚："你知道吗？老板换了新车，宝马 X3！六十多万的车啊！有钱买车没钱发工资，这公司待不下去了！"

小磊一边愤愤地骂粗话，一边无奈地抽着劣质香烟。

老陈想到之前老板的解释，说："你误会了吧，老板说是朋友的车。"

"陈哥！"小磊像是听见了天大的笑话，讶异地说："你小子真是好骗！

人生四季
◎ 就业季 ◎

我亲眼看见保险公司来找老板做的保险,要是朋友的车还找他做保险?不是他自己车,保险合同上会写他的名字?你啊,就是太老实,他说什么你就信什么,你要当场把他从宝马上拽下来,看他能不给你工资!"

那几天小磊愤愤不平,一有机会就找老陈发牢骚。然而老陈看了看自己的储蓄卡,尚能支持一阵子,心想没必要催得那么急,所以并没有很在意。

而且,虽然小磊说得有鼻子有眼的,他也觉得未必就是可信的,小磊那么一说,自己就那么一听,并未当真。

但是,一段时间之后,老陈忽然发现小磊不发牢骚了。

纳闷的老陈觉得有必要问一下,于是追问小磊发生了什么事。

小磊咧嘴笑了一下,半开玩笑半认真地说:"不是都说做人不能太钻牛角尖嘛,他不发工资就不发吧,人又跑不了,我就再等等,免得老牛又数落我!咱们在一起工作,就要少抱怨,多做事,对不对陈哥?"

老陈一听觉得小磊说得挺对,表示赞同,点了点头。

尽管他已经三个月没领到工资了。

听到这里,笔者不禁好奇地问老陈:"被拖欠三个月工资,即便是积蓄还够生活所用,那也会产生一丝焦虑吧?难道这期间你都没想过去找这姓牛的老板要钱吗?"

"当然想过!"老陈握着酒杯,无奈地摇摇头:"当其他同事组织一起去找老板的时候,我也会跟着去,希望早点儿拿到工资,但既然老板说没有钱,我也不好逼人太甚,所以就没有再多追问了。"

我点点头,心里很不是滋味。眼前的老陈大哥绝对是个敦厚、善良的人,而他的遭遇绝对不是偶然。我真为他以及和他一样的人们感到难过。宏观地讲,中国的现代化发展,这群任劳任怨的人功不可没,他们几乎已经生活在社会的最底层,但他们从未放弃对生活的坚持——或许他们已经没有了信念和理想,但他们从未放弃那份让人震撼的坚持。

或许,这是一个人对生的本能吧。

后来，有同事劝告老陈："小磊那小子精明着呢，他和你说什么可别全信。"

直到很久以后，老陈才从同事那里得知，小磊之所以忽然不再发牢骚，是因为他天天给老板打电话，还堵在办公室，硬是把被拖欠三个月的工资要出来了，但老板要求他不能对外声张。

同事对老陈说："你明白了吧，老板是专门拿软柿子捏。他就是欺负你是个老实人，如果你不强硬一点儿，他就会一直拖着不给，你就等着白干吧！"

讨薪

老陈并不责怪小磊瞒着他已经讨到薪水的事，他理解小磊。

其实我知道，虽然讨薪只是简简单单的一句话，但熟悉他为人的人，都能明白，让老陈这种性格的人开口去向老板讨薪，必然是他做了几晚上的心理斗争，又是鼓着多大的勇气，才能做到的。

我问他："要开口向老板要薪水，当时你的心里胆怯吗？有没有觉得难以开口？"

他腼腆地笑笑："不好意思开口当然是有的，但后来觉得自己一把年纪了，总不能老靠家里二老，而且当时也和女朋友谈了一段时间，将来结婚生子，什么都要开销，我哪能一点儿储蓄都没有，靠父母才娶得上媳妇呢？"

而且除了讨薪成功，当走到老板办公室门口的一个细节，也让老陈倍添信心。

大家都知道，现在的设计公司要找到生意，首先最好的招牌就是自己的公司装修。老陈工作的这个公司，当时不光有富丽堂皇的门厅、布局合理的会谈区，老板的办公室更是气派，分了里外两个区。外面坐着老板的秘书，然后用一个顶天立地的玻璃做隔断，里间是老板的办公室。玻璃是磨砂的，从外面看不见里面的情况，玻璃上面做了一条赤金色的龙，五爪腾云，气势如虹。

老陈见老板,首先要让秘书通报,看老板有没有时间。

秘书是一个刚刚毕业才来公司上班一个月不到的小姑娘,对老陈很客气:"你先在门口坐一下,我进去和老板说。"

老陈就在秘书座位旁的小沙发坐下来等,这个小沙发在通向里间办公室的大门侧面,平时都是重要客户或者老板生意上的朋友来坐的,自然设计高档,座椅也比较高。

老陈一米八的大个子坐上去,略一低头就轻而易举地看见了秘书桌上的一沓发票。

虽然长时间用电脑做室内设计,老陈的视力却没有下降,还保持着1.5的良好视力。当时他一眼就看见那叠发票最上面一张写的是个名牌皮包。虽然金额被另一张纸盖住了,但因为女朋友也曾开玩笑地和他说要这个牌子的皮包,还和他在路过店铺的时候,透过橱窗看过价格。老陈知道这个包包的价格不会低于五位数,也就是老陈四个月薪水的数字。如果老板有钱购买这样昂贵的皮包的话,那他起码也有钱先支付一下拖欠四个月的薪水吧。

当秘书走出来通知老陈可以进去见老板的时候,老陈其实抱着极大的信心,认为自己有能力要回薪水。

他三步并作两步走进办公室,老板从硕大的办公桌后面抬头看了他一眼,又转过去继续关注股市,一边漫不经心地问:"小陈,什么事啊?别是要辞职吧,我们公司可少不了你这样年轻有为、做事又积极的骨干人员啊。"

老陈忙摆手:"不不不,老板别误会,我还是会继续做下去的。"

老板满意地"嗯"了两声,问:"那你来找我,有什么事啊?"眼睛仍然看着股市行情的屏幕,里面的数字一片赤红,倒映着老板兴奋的眼睛。

老陈深吸口气,心想他既然是对公司而言非常重要的骨干人员,那么薪水也应该是比较好拿到的吧。

他诚恳地和老板说:"老板,我已经四个月没有拿到薪水,我……"

"涨了!"忽然,老板激动地打断他,狠狠地抹了一把光脑门。

第六章　工资

虽然老陈不炒股票,但也明白老板这是赚钱了,心里不由把讨薪成功的概率又提高了点儿:"那老板,我的工资可不可以发给我?"

似乎是才听懂老陈的话,老板转过头来:"你说什么?"

被老板一眨不眨地看着,老陈的心提到了嗓子口:"我,我想拿一下这几个月的薪水!"

然而,这时候,老板原本兴奋的脸上,却已经没有丝毫笑容。

老陈挺着的背脊后面一片微冷,有种不好的预感袭来。

只听老板叹了口气:"小陈啊,你让我怎么说你啊。你也太年轻不懂事了啊,这个时候和我提工资,你不知道现在公司的状况有多为难吗?"

老陈张张嘴,之前看到的名牌包包发票,现在看到的股票大涨,再加上小磊已经要到拖欠的工资,件件事情都是老板明明有钱的证据。

可话到嘴边,他却说不出来,好比小磊那件事,如果他说小磊已经要到钱,反而害小磊丢了工作怎么办?

老陈犹豫了。

而这时,老板面色一转,从严厉转为沉痛无奈。

老板说:"你以为我不想发大家工资吗?小陈,我实话告诉你,可以对天发誓,哪怕有一分钱,也会马上发给大家。可你知道运作一个公司有多艰难不?水电煤气、办公室的租金,还有我们提前给客户垫付的材料费,税务局天天盯着的缴税纳税问题,一个个说出来都是钞票啊!我上有年老的父母,下有还在念书的孩子,而且你也知道我老婆是不工作的,一家老小的生活全靠我。"

谁说谁的日子不艰难呢?老陈也是一直没有多余的钱,和女朋友出去还经常要女朋友付钱,好在女朋友从来没为这个和老陈吵过嘴。而老陈吃住什么的,也都是父母在负担。说白了,他就是社会上讲的"啃老"一族。

然而老板说的话,老陈也找不出话来反驳,但一件事,老陈不能理解:"老板,既然公司经济困难,就不要买那么昂贵的名牌包了。"

人生四季
◎就业季◎

想不到他不提这点还好，一提老板简直要抓着他的手，流出泪来。

"小陈啊，你是不知道。"老板深深地叹了口气："我知道刚才你坐在门口看到小王在做账。没错，那里面有个名牌包，可不是我买给自己家里人的！"

老陈一愣，完全没有想到会是这个情况。

老板无奈地一摊手："你知道现在要在社会上开个公司多难呀，层层关口都要有人关照，有朋友指点，我们不出点儿血，万一公司关门了，你们大家都没有饭吃，我这不是为了大家的生活在奔波嘛，你说是不是？"

老陈鬼使神差地点点头。

其实他明白，不论老板有再多苦恼，拖欠员工工资都是不对的。但是听老板说公司的状况，大家都快失业了，以后都没有收入，为什么不能忍一忍，给老板一些方便，也给大家今后一些保障呢。

看老陈没有立刻反驳，反而点点头，老板露出笑容："这就对嘛，大家一起共渡难关，等情况转好，我立刻就发工资，而且马上发你的！"

有了这么有力的保证，老陈心底最后一点点想要薪水的渴望也被压了下去，他甚至和老板说："实在困难，就先发其他同事再发我好了。"

这段对话犹在耳际，一个月之后的一天，老陈走进公司，发现原本整洁的办公室里，乱成一团。同事们要么在噼里啪啦地放东西，要么垂头丧气地坐着。

老陈问他们："怎么了？老板呢？"

一个同事冷笑："还提什么老板，跑了！"

老陈还没明白过来："跑了是什么？出差吗？"

先前回答他的同事闻言大笑起来，笑得眼泪都出来了，最后笑趴在桌上，号啕大哭。另一个女同事忙递过去纸巾，边安慰边给老陈解释："老板不见了，前几天说出差，其实早跑了。刚才还有债主上门来讨债，据说在外面欠了几十万元钱，都去炒股赚翻了，然后卷着钱跑掉了。"

老陈一屁股瘫坐在座位上，片刻后，他拿起电话打老板的手机。话筒传

第六章　工资

来"嘟嘟嘟嘟"的声响，无人接听。他知道其实再也联系不到老板了，但之后几天，老陈还是天天给老板打电话，直到那边传来女子标准的普通话："对不起，您拨打的电话是空号。"

老陈才真的认清现实——老板跑了，在众目睽睽之下，带着他四个月的工资，消失得无影无踪。

我问老陈："你没有寻找法律途径解决吗？"

"怎么没有！"老陈苦笑，一口喝光杯中的酒，说："一出事情，我和几个同事就去了劳动局，问过才知道我们没有签劳动合同，要追讨工资，几乎没有希望啊！"

长久以来，因为地区发展的不均衡，农民工受教育的程度普遍偏低，甚至是文盲、半文盲，他们从偏远农村来到商业大都市，没有经过任何相关培训，法律意识淡薄，所以经常出现没有签合同的情况。

但老陈不同，他是受过正规高等教育的大学毕业生，而且接受过就业知识培训，具备一定的法律意识和维权意识，知道一个员工的合法权益要通过与公司签订劳动合同来保障。我可以理解老陈的老板会跑路这件事，但不能理解为什么老陈没有和公司签订劳动合同。

我问老陈："你是一直都不知道，只有签订劳动合同才是符合法律保护的雇佣关系？学校在你毕业之前，没有给你上过相应的课？"

老陈摇摇头："学校是强调过的。"

我更加不能理解："那为什么当初不签劳动合同？"

老陈垂头不语。

我以为这个问题触及到了老陈某些敏感的地方，最终得不到答案。在我以为老陈不会回答时，却听见他沙哑的声音："理论和现实毕竟是有差距的啊！"

原来在面试之后，到公司报到，老陈是向老板提出签订劳动合同的，但当时老板的答复是："在我们这儿一开始实习都是不签的。"

117

人生四季
◎就业季◎

老陈回家把这事和父母一说，父亲提醒老陈："法律咱们也不懂，不如你上网查查吧！"

老陈到附近的网吧上网一查，大致了解了一下，得知，即便是没有固定实习期也要签订劳动合同。

我不禁无奈叹息，实习期和试用期被雇佣单位混淆。在我采访过的若干案例中，这种恶意混淆出现的概率非常高，老陈并不是个例，多数大学生因为没有深入了解法律条文，很容易被公司用"实习生不用签劳动合同"这句话应付过去。

事实上，只有在校大学生，因为属于学生身份，不是劳动主体，不属于劳动者，才叫作实习生，可以不签订劳动合同，而是约定在取得毕业证书后再签订。而老陈已经是大学毕业生，他在公司刚开始的工作，应该叫"试用期"，试用期有一定期限，期限过后可以转为正式工，而试用期员工也必须签订劳动合同，并在合同上写明试用期限以及转正时间。

更重要的是，不论是实习期还是试用期的劳动者，和正式员工都没有什么不同，只要付出了劳动，用人单位支付了劳动报酬，就是建立了劳动关系；而建立了劳动关系，就必须订立劳动合同。

老陈也想转正，所以过了几个月，再问老板合同的事。

可是，面对老陈的要求，老板却相当不痛快："你到底是不是合格的员工，还需要时间考察，现在签订劳动合同会损害我们公司的权益。我们经过一段时间的考察，感觉你可以转正的时候，自然而然会跟你签订合同。咱们公司那么多员工呢，他们都和你一样，而作为领导，我也会一视同仁，对他们怎样，对你也就怎样。"

老陈就听从了老板的意思，不再主动追问合同的事。

听到这里时，笔者气愤于这个老板的不可理喻，同时也暗叹老陈的懦弱不争。但细细一想，又发现老陈的举动是可以理解的。

首先，老陈身边的同事也都没有签订劳动合同，在从众心理的作用下，

摄影:沈安泉

老陈不会感觉有什么不对。而他自己的想法也确实如此：又不是我一个人，大家都一样，没什么可担心的！

其次，当时老板虽然没有明说，但已经做出了这样的暗示：我不喜欢心思太活络的员工，如果你提出这样那样的要求，我就会考虑是不是要辞掉你！对老陈来说，因为一份合同而被辞退是划不来的，如果自己坚持下去，代价就是失去工作，而留下来，就有希望。得失面前，大多数人都会选择自我麻痹，或者叫得过且过。

但是，相比很多没有签订劳动合同的人，老陈显然是相当倒霉的，有些人一直都没遇到问题，而他的老板却跑路了，消失了，不见了，去向不知，下落不明，甚至生死不知……就这样，老陈失去了四个月的工资。

我问老陈："你有没有试试其他方法，走走其他途径？比如直接去他家里，或者其他什么他有可能会去的地方。"

老陈说："他一跑，我就着急了，还得挣钱生活呀，于是我就一门心思工作，然后又埋头上班，也没什么时间去打听他的下落。刚开始也不敢跟家人说，有时候实在难受，我就安慰自己说，天生我材必有用，千金散尽还复来，不用太计较那几个月的工资！"

说完，老陈一声叹息："更重要的是，当时我忽然有了一种强烈的危机感，只想找到一份新工作并尽快投入到工作中，没有多余的时间去追究老板的责任……于是我就放了他一马。"

碰壁

2007年是中国房价大涨的一年，那一年，七十个大中城市房价涨了百分之七点六，涨幅比上年提高百分之二点一。而最后的两个月，甚至连续上涨达到百分之十点五，涨幅已连续六个月创下自2005年7月中国对房价实施月度统计后的最高水平。

第六章　工资

而这波房价大涨的风潮也刮到了信阳这个三线城市。

在大涨之前，老陈刚工作，信阳市的平均房价在一千出头，以老陈两千五百元的月薪来算，不吃不喝，一个月大约可以买两个平方。

谈恋爱的时候，对象就和老陈约定："将来我们一定要和父母分开来住，拥有自己的世界。"

但分开来住，意味着需要再买一套房子，而且他们婚后当然是要生孩子的，以一个普通三口之家的住房需求，起码要买一个八十平方米的房子。也就是说老陈在不吃不喝、老板也不欠薪的前提下，工作近四年才能买得起。

再后来，随着老陈工作了一段时间，也就是2008年的时候，信阳市的房价已经从一千出头涨到近两千。也就是说老陈什么都没干，却从每个月买两个平方，变成了每个月只能买一个平方。

更何况，他还有四个月薪水被老板卷跑了。

三线城市的平均结婚年龄比较早，一般青年大学毕业，找到工作以后，父母就开始催促结婚的事。当时老陈的父母和对象的父母都提出让他们早点结婚。老陈与他对象的感情挺好，也不打算再拖延下去。

可是房子的问题拦在眼前，以一套八十平方的房子，价值十六万而第一套房首付三成来算，老陈需要支付四万八。然而他当时根本没有能力交出这笔钱。老陈觉得非常愧疚，也非常苦恼。那段时间，他加快了找工作的节奏，然而越是着急越没用。

到了2008年中期，楼市冰河时期意外来临了，因为国际金融危机的影响，中国的房地产行业受到极大影响，大城市楼市下跌，许多房地产公司开始裁员。没有楼卖，自然也不需要装修，老陈要寻找室内设计师这份工作，等于难上加难。然而与此同时，三线城市的房价却只是略有下降。

此时的房价对失业在家的老陈来说，还是沉如泰山。一时找不到对口的工作，急需钱结婚的老陈，只好去工地做搬运工。

那几天，他在工地挥汗如雨的同时，也在不断反问自己："是专业选错

人生四季
◎ 就业季 ◎

了吗？是不是将来的房地产再不可能复苏，而我等于大学四年白学了？必须重新学习专业知识，寻找其他行业的工作机会。"

想到父母日渐斑白的头发，想到女朋友可爱的样子，想到岳父岳母迫切希望看到他们结婚的眼神，老陈整夜整夜地睡不着，这个一米八的汉子一下子暴瘦了二十多斤。

这时候，在中国人惯有的有房才能结婚的传统情结下，老陈的父母拿出多年的积蓄，交到儿子手里："咱们中国有个成语叫成家立业，自古男儿大多是先成家，后立业的。你也先别着急找工作，把婚结了吧。结婚买房子的钱，爸妈给你出了，你去把房子定下来，先把媳妇娶进门要紧。"

那一天，一家三口坐在一起吃饭。满桌子的好菜，母亲知道他喜欢喝鸡汤，特意起大早，骑几十分钟自行车到城郊的农户家里买最正宗的老母鸡，炖出来的鸡汤金黄流油，香气四溢。

可闻着熟悉的香味，老陈却实难下咽。

老陈哽咽着对我说："我一直以为大学毕业，找到一份工作，有了固定的收入，就能让爸妈享福。可万万没有想到，大学毕业了，工作也有了，却是给人白干活。到头来，还要自己的爹妈掏出棺材本，才能给我娶上媳妇。我觉得愧对他们，几乎觉得整个世界都是昏暗的。"

他唯有卖力地去看楼盘，准备买结婚的房子。

当时楼市恰好不行，老陈手上的又是现款，不需要银行贷款，所以老陈选了又选，最后用如今看来相当便宜的价格，买了一套近百平米的房子。

但家里的钱全都花光了，一时都没有办法装修房子和办婚礼。老陈的眉头皱成了川字，每天一有空就往人才市场跑，父母看着面上不说，心里万分着急，偷偷发动自己的关系，终于帮老陈联系到一家装潢公司。

因为是熟人介绍，又是父母帮忙拉的关系，老陈分外珍惜这份工作，每天总是第一个到，最后一个离开，努力让每一位客人满意。那段时间，他恨不得把自己掰成两个用，好让老板满意，也让父母觉得欣慰。

第六章　工资

新公司的老板三十七八岁的样子，是个做事非常有干劲的人，每次老陈交上合同方案，老板都是"嗯""可以"，几句话就结束了交谈。对此老陈反而觉得不错，认为新老板比之前的老板实在。

然而就这样工作三个月之后，老陈没有想到，就是这位"实在"的新老板，又一次让他面临之前遇到的问题——拖欠工资。

其实有了之前的经验，第一个月没发工资的时候，老陈就打算去找老板谈谈。但考虑到现在行业不景气，这份工作又是父母千辛万苦才帮忙找到的，老陈担心找老板讨要薪水会让父母难堪，所以忍了下来。

他在心里给老板找理由，也许老板资金上有什么困难呢，而且这次他是签了劳动合同的，不是万不得已的原因，老板应该不会拖欠工资的。

但两个月后，看着每天开着跑车出入的老板始终不发工资，老陈真的着急了，害怕再遇到一次老板逃跑的事。他担心的是在老板跑路之前，不能把损失降到最低。

好比当初的小磊，人家在老板跑路之前，好歹要到了工资。如果他也强硬一点儿，如果他不看到老板诉苦就妥协，也许老板只是卷走他三个月的工资，或者两个月，甚至一个月……

这样一想，老陈决定去敲老板办公室的门。

"老板，我想和你谈谈发薪水的事。"老陈小心翼翼地斟酌着措辞，把自己急用钱的情况说了一下。

听明来意，老板却只是点点头："我一直都很清楚你的情况，但公司现在没钱发工资。"然后，说了几句"齐心协力、众志成城"之类的话。

有了上一次的经验，老陈已经不再相信这类鼓励的话，他说："老板，如果可以的话，我肯定不会逼你。没有这笔工资，我的日子真的没办法过了。"

他说的是事实，新房拿到手，就算不装修，每个月的物业费总是要交的。难道让他这么大一个人，还伸手向父母要物业费吗？老陈是绝对做不出这种事的，可物业公司催款的电话，一个又一个地往老陈手机上打……

人生四季
◎ 就业季 ◎

老陈坐在老板对面，态度非常诚恳："老板，我知道你也困难。实在不行，哪怕给我发一部分薪水也可以啊，今天给一天，明天给一天都可以。"

老板动了动嘴角，他一动不动地看着老陈，目光其实是冰冷的。

但老陈已经顾不得了，说："我今天必须拿到工资。"

老板沉默了一会儿，才说："那好吧，看你实际情况的确特殊，今天先给你结算一半工资，剩下的会在下个月底一并发放。"说完他意味深长地看了老陈一眼。

老陈太高兴了，并没有注意到老板这一眼里的深意。他成功拿到了一半的薪水，千恩万谢地离开老板的办公室，盼星星盼月亮地等着下个月底的到来，却没想到还是一场空。

当时，财务人员坚持说："老板没有发话，我是不可能给你薪水的。你找老板问吧，反正我是没收到给你发钱的通知。"

老陈有些生气，因为结婚急需用钱，他已经把新房装修的开销节约到最低，因为老陈自己就是做室内设计的，对装修材料也懂，只要能自己完成的活，他都自己做，哪怕钉子扎破手什么的，也不在话下。

老陈只有一个想法，就是又要省钱又要做出让人满意的装修效果，让父母和岳父岳母放心，让女朋友开开心心嫁给他。现在却成了空。

老陈气呼呼地找到老板："老板，上个月我们说好今天拿剩下的一半工资，明天新房的地板就要到了，本来算好拿了剩下一半工资付地板钱，现在让我明天拿什么付呀？"

说到这里，仍然感觉委屈的老陈对笔者说："我那时候才明白，之前老板看我那一眼，就是在看不起我，认为我脸上就写着'很好糊弄'几个字。他在一开始就没打算给我后面一半工资。但他不给，我就堵在他办公室了，他走到哪里，我跟到哪里，他和客户谈生意，我也在旁边坐着。"

我没想到木讷老实的老陈会做到这一步，问："后来呢？"

"后来到晚上10点多，我跟到老板家里，他才松口给我薪水。"尽管这

第六章 工资

样,老陈此刻的语气却并没有半点儿庆幸,他说:"我感觉这笔钱拿着就好像在路上乞讨一样,但我明明是付出劳动的,杀人偿命都天经地义,为什么我做了事,拿个工资却这么难呢?"

我笑笑,没有评价老陈这个看法。笔者认为,老板欠薪问题之所以普遍,不单纯是老板人品的问题,还有社会监管不到位,员工自身法律保护意识不够,社会拜金主义、为达自己的目的不择手段的思想日渐猖獗等等多方面的因素。但老陈敢坚持讨要自己的薪水,后面的发展应该并不差才对。

没想到另一个更严重的问题接踵而来。

原来,自从老陈拿到薪水以后,老板对他明显不如以前。

一次开会,老板甚至旁敲侧击说:"某些员工觉悟不高,只顾及眼前的蝇头小利,不知道为公司的长远发展谋划!"

这样的话说得多了,还有其他看不惯老陈拿到薪水的同事也开始排挤他,从上到下,充满了敌对意识。老陈每天都恨不得把自己锁在办公室里面,不和任何人有接触,但他们带着影射的话语还是不断传到老陈耳中,说他什么的都有,无组织无纪律,蝇头小利,自以为是……

在这种环境下,老陈郁郁寡欢,还得了偏头痛的毛病,晚上经常疼得睡不着,又不敢和父母说公司的情况,怕他们难受儿子被人排挤,后悔给儿子介绍了这个工作。

看到老陈越发消瘦,母亲还不断劝他:"工作上尽力就好了,你也别把整个人都交给了工作,早点给我们生个孙子才好呀!"

面对父母期盼抱孙子的眼神,老陈更是无以回答。因为资金不够,全靠老陈自己干,新房装修了半年多才得以竣工。而因为老陈买不起更好的建筑材料,他担心新房里还有污染,也不敢马上要孩子。

只有老陈的新婚妻子知道他们遇到的困境,她劝老陈:"我们有技术,有能力,不怕找不到工作。2008年过去了,楼市在慢慢复苏,以后要装修的人不会少。你自己会设计,又对装修工程有研究,不如出来单干吧,不要再受

人生四季
◎ 就业季 ◎

那些老板的气了。"

妻子的话让老陈有些心动，没错，一切痛苦的来源都是受这些老板的气，如果他能出来单干，自己做老板，就不需要再看任何老板的脸色了。

可自己单干做设计，店铺需要租，材料需要买，需要出钱参加各种展会去找客户，哪一样不要钱，他根本拿不出来。

这时候，是体谅老陈的妻子，拿出了从娘家带来的十万块钱，说："我相信你，你放手去做吧，有钱吃饭，没钱我们喝粥，总有过下去的办法。"

靠着这十万元，老陈终于自己开了一家装饰公司，除了装修设计，还能提供后续装修。因为业务熟悉，起初装饰公司效益还算可以，老陈买了一辆二手金杯面包车，给客人运送一下建筑材料什么的，都能更加方便及时。

几年下来，他积攒了一些资金，随着业务的增加，还聘请了一位设计师。

听到这里，我问他："开始自己做老板了，有了自己的员工，会不会也在资金周转困难的时候，考虑先不给他们薪水？"

老陈大概没有想到我会这么问，愣了一会儿。漆黑的夜色里，我看到他发红的眼睛里有什么闪过，他说："不会的，我宁可自己揭不开锅，也不会欠员工的薪水。"

我笑了笑，我相信质朴的老陈不会将自己的遭遇，转嫁给其他人。但运营一个公司并不简单，老陈的经济才刚刚达到小康水平，一边要负担公司运营，不欠员工薪水，一边又要应对瞬息万变的市场转变，想必他的生意要继续维持下去并不容易。

果然如我所料，从2012年开始，老陈公司的经营越来越吃力。

随着电商的发展，网络营销的兴起，许多设计公司像雨后春笋一样，一夜之间遍地开花。这些设计公司，往往就是几个年轻的设计人员，靠着电脑在家里工作，办公室都不租，却有新奇不断的点子提供给客户。

老陈跟不上他们的营销理念，只会一味降低自己的利润空间，到最后，甚至到了一个月都接不到一单生意的情况，可店铺租金、员工薪水等等公司成本却没有降低。

前一段时间，妻子怀孕，产检的费用都是娘家出的。而到妻子阵痛进医院生产的时候，医生让交住院押金，老陈一摸口袋，发现身上连一百块钱都没有。

人到中年，上有老下有小，生活压力越来越重，这并不单单是老陈一个人面临的负担。

然而在老陈这儿似乎成了他一个人的难题。

"我看其他人都轻轻松松就赚钱。"他举了一个例子，说："我有一个同学，工作以来已经买了三套房子，我问他怎么做到的。他说他看楼市有前景，拿着第一年的工资做首付，先入了一套二居室；后来楼价大涨，他看准时机出手，又用所得的卖房款买了一套更大、地段更好的房子……现在的三套房子，两套出租，每月房租将近一万。至于上班，他只要找一个轻松的工作就好了。唉，我一直想，如果没有老板跑路，如果我从一开始就能每个月都拿到工资，我是不是也可能和他一样？"

尾声

我的采访结束时，老陈已经有些醉意了，他苦恼地说："听说快递很赚钱，只要肯吃苦，不怕风里来雨里去，就能挣到钱。我现在在考虑是不是要转行送快递。"

说话时，他的眼睛红红的，不知道是因为酒精还是其他什么原因。

我除了如实写下他的故事，唯一能做的，就是默默地祝福他有一个好的未来。

第七章 "我是苦哈哈的公务员!"

能够采访到老范,完全是机缘巧合。

某高中同学结婚,我去参加婚礼,席间,遇到了很多已经多年没有见面的同学,其中就有老范。高二的时候,老范和我是前后桌,我们经常在一起聊天,相当熟络。那时候的老范是个挺胖的人——胖到没下巴,而眼前的老范却相当清瘦,看上去足足瘦了四十斤。因为上学的时候总觉得他很有年轻范伟的神韵,所以我和同学们都喜欢开玩笑地叫他"范乡长"(范伟在一部小品中的角色)。

我开玩笑地说:"怎么,多年不见,范乡长瘦了。看来中央老虎苍蝇一起打是有效果的,你那腐败的双下巴都不见了!"

这时,旁边一个同学搭茬说:"你还不知道呢吧,人家现在真的是'范乡长'呢!"

我表示不解。

那同学解释说:"人家早就考上公务员了,在××镇政府上班,这都好几年了。"

我问老范:"真的?"

老范点点头:"没错!我是苦哈哈的公务员!"又说:"不过你别听他瞎说,是公务员不假,可并不是乡长!"老范依旧风趣,这句话说得我们都笑了。

第七章 "我是苦哈哈的公务员！"

然后我又说："干上几年，资历老了，不就顺理成章地成了'范乡长'了？"

不料老范随即连连摇头："我就是干一辈子，干到一百岁，也成不了'范乡长'！"

我笑问："这么没信心？"

老范说："这不是有没有信心的问题，在中国，到处都是像我这样的公务员。要是没有后台，你就等着每月领那么一点儿可怜的工资，守着一个破烂摊子，干着要多累有多累的活儿，等着熬过这没意思的一辈子吧！"

我一听他的话语颇为激烈，似乎有很多牢骚和不满，于是忙说："讲讲你考公务员以来的事情吧，我可以写到我的书里去。"

老范一听，似乎也来了精神："这种事可以写到书里去吗？"

我点点头。

然后，老范说："那就从我怎么决定考公务员说起吧！"

竟然出奇地顺利

2010年大学毕业后，老范从北京回到了家，在父母的蔬菜大棚里帮忙。几个月后，当父母问他对将来有何打算的时候，他说出了一个读大学时就已经酝酿的计划：考公务员。

至于怎么想到考公务员的，老范有着自己的心路历程。大二的时候，思考自己未来的老范经常在网上寻找与他专业（外贸英语）相关的工作，却沮丧地发现这些工作基本上他都难以胜任，英语口语一直是他的软肋。因此，在很长一段时间里，他陷入巨大的自卑和恐惧中，时常想，大学念完了就没书可念了，到时候怎么办？考研？不太现实，十几年的读书生涯已经让他对学习失去兴趣了，况且家庭条件也不允许他继续读下去了。可他又实在想不到还能干什么，于是好长一段时间里，他相当苦恼。

一天，他去隔壁宿舍借东西，却看到一位同学在认真地看一本书，他随

人生四季
◎就业季◎

口一问:"看的什么书?"

那同学回答说:"《申论》。"

他从没有听过这个词,于是好奇地问:"《申论》?这是你们专业的教科书吗?"

那同学回答说:"不是,这是考公务员用的。"

最初,老范和很多人一样,对"公务员"这个群体有种相当矛盾的感情:一方面,人们认为这个群体是高高在上、不可一世的,是四体不勤、五谷不分的,是大权在握、仗势欺人的……但奇怪的是,尽管公务员这个群体背负着这么多不光彩的词汇,可人们还是对这个职业抱有神秘的幻想,向往甚至是敬畏这个职业,因此,每年都有成千上万的大学毕业生削尖了脑袋往公务员的行列里钻。

接着,这位同学又说,他的哥哥在2008年考上了公务员,在基层待了半年之后,调进了市政府,在一个相当吃香的部门工作,十分清闲,"基本上就是每天点个卯"(同学语),虽然工资不算高,但"油水"颇多。所以,他也决定毕业后考公务员。

老范好奇地看了看那本《申论》,发现里面都是一些类似于议论文的文章。

"考公务员就是考写作文?"他好奇地问。

那位同学又拿出一本《行政能力测验》,说:"还有这个,这个就是考一些杂七杂八的东西,类似于智力和心理测验吧,也非常简单,有的题目还很有意思,像是脑筋急转弯。主要就是考这两项,你不是在咱们学校校刊上发表过文章嘛,既然作文这么好,可以去试试的。"

老范立即被这位同学的话打动了。

"上了那么多年学,别的不会,就会考试,而且还是考好了就能挣钱的考试,所以,从那天起,我就决定毕业后考公务员了!"

当他向父母说出自己的意愿时,出乎他意料的是,父母竟然一致赞同,并表示大力支持。为了给他创造好的学习环境,他们尽量不给他安排农活,

第七章 "我是苦哈哈的公务员！"

让他安心在家准备公务员考试。

我听到这里，不禁哑然失笑。他们义无反顾地支持儿子去考公务员，或多或少地证明了深深镌刻在中国人脑海中的"官本位"思想对当代中国人的影响。战国时代以来，中国慢慢进入官僚社会，人们对可以"作威作福"的官僚阶层既痛恨又羡慕，而科举制度的确立和成熟更是让官本位思想逐渐成了气候。人们之所以一边骂一边向往这个群体，正是老祖宗遗传下来的文化基因在作怪。

老范又说，之前很多人都说公务员考试相当困难，可是在他看来并没有想象中的那么难。还有很多人说公务员考试要走后门，否则通过的几率几乎为零。可在他看来，公务员考试其实是相当严格、公平和透明的，他没有给任何机关的任何人送一盒烟、一瓶酒，轻轻松松地就通过了笔试、面试、体检、政审等层层选拔。

2011年下半年，老范正式"走马上任"，被分配到××镇的计划生育办公室工作。

枯燥而繁重的工作

被通知去上班的那一天，老范异常激动，一时之间被巨大的喜悦所包围。同时，久久压在心头的一块石头也落了地：顺利找到了工作，又是世人羡慕的公务员，这真是太好了！几年的心血和努力没有白费，爸妈的付出也即将得到回报，我终于可以扬眉吐气了！

老范的父母都是老实巴交的农民，虽然鼎力支持儿子报考公务员，可他们没想到他当真能考上。如今美梦成真，儿子成为了他们的"父母官"，欣喜若狂的父亲特地在镇上的饭店订了几桌酒席，请亲朋好友吃饭。酒席上，听着大家的恭维和赞美，老范甚至一度感觉自己"神光护体"，光荣地成为了这个国家的"行政人才"，虽说不过是计划生育办公室的一个机关人员，可

131

人生四季
◎就业季◎

到底也算是一个"官儿"了，心里确实美滋滋的。

但是，仅仅三个月之后，美好的幻想就慢慢地露出了它真实而残酷的面孔。老范慢慢地觉察到，公务员并不像他及其他人想象中的那样光鲜亮丽，公务员的生活甚至是暗淡无光的，充满了各种艰苦、辛酸和无奈。

首先让他体会深刻的，是枯燥而繁重的工作。

老范说："大多数人一提起公务员，说起他们的工作内容，基本上都在说他们就是在上班时间喝茶看报纸的，可能以前的确有这种情况，而且还很常见，不然社会上也不会有这种说法。可是，现在的公务员，至少是基层的公务员，真的不是这种样子的！不知道是不是我点儿背，我在镇政府上班，从来没有享受过这种'待遇'，而且基本上也没有看到同办公室的其他同事有这样的'小资情调'，每天都有一大堆做不完的工作，吃饭的时间都很紧张，哪有时间去喝茶、看报纸。"

老范的办公室要处理十几个所辖村的各种问题，有陈芝麻烂谷子的老问题，也有各种突发状况，超生的要管，不来体检的也要下达通知，还要做好村里人来镇上大吵大闹的准备……可是办公室一共才五个人，而且还有两个上了年纪的大妈，做事情速度很慢，还不太会用电脑，很多东西必须老范帮忙才能做完，所以一般情况下，老范都是身兼数职的。

而且，刚工作时，因为办公室的同事年纪都比老范大，都是镇政府的"老人儿"，所以他自觉地揽下了打扫卫生、帮他们烧水等工作，结果后来成了习惯，他不这样做时，那些同事甚至会直接要求他去做，如果不做，他们还会不高兴。

说这些时，老范的脸上满是不满和委屈："整个办公室里，我年纪最小，按理说帮他们端茶送水一两次也不是问题，可是他们得寸进尺，整天把我当奴隶使唤，一点儿都不客气，要知道，我伺候我爹妈都没这么勤快啊！早上起得最早，第一个来到办公室，给他们烧开水、打扫卫生，然后在他们都在喝着水处理自己昨天没有处理完的工作时，我就暂时放下自己手头的工作，

第七章 "我是苦哈哈的公务员！"

接听电话，然后通知会议，还要准备各种文件和材料，应付上面各种各样的检查；还要下村入户，美其名曰"到群众中去"。还有一些琐碎工作，比如做会议记录、整理那些歌功颂德的官样文章、管理公共财产……要多累就有多累！可是，即便这样，他们那些人还是不满意，可能是因为经常憋闷在小小的办公室里，受到不良环境的影响，这些人的心胸似乎都比较狭隘，经常会为了一点儿小事就闹矛盾，虽然不明说，但是一个眼神、一个动作都能表现出来。有时候，那个大妈还喜欢指桑骂槐地说出来一些难听的话，我听了别提多难受了！"

当然，如果问题仅仅是这些，那老范不过再需要多花一点儿时间和精力去处理好人际关系，可事实上，繁重的工作让他根本没有一点儿空闲时间。不要说对他而言是奢望的"喝茶、看报纸"，就连最基本的休息时间都难以保证。连续加班是常态，而且全部都是无偿的，节假日很少，一个月有两天休息时间都是格外开恩了，而且即便是在休息时也常常接到领导和同事的电话，然后他就不得不放弃休息，去村里处理各类突发状况……

"基本而言，我是一个没有自己的时间的人，除了每天在家睡几小时，其余时间都是在办公室和辖村，没有任何休闲活动，没有娱乐生活，而且日复一日，月月如此，年年如此。读大学的时候就想去爬爬泰山，可一直到现在我都没有达成心愿。泰山离我家不过一百多公里，可我连泰山长什么样都不知道！"

因为工作枯燥而繁重，老范坦言自己的神经系统已经出了问题，神经衰弱，失眠，健忘，暴躁易怒……然而工作量并不会因为这些问题而有所减少，所以即便是全神贯注、全力以赴，老范的工作也难免有不足和纰漏，这时他就要准备接受"好像也还有严重神经衰弱"（老范语）的上级领导的责备甚至训斥。所以，老范经常担惊受怕，害怕再出意外，因为一旦出了问题，轻者训斥，重者则可能被问责、被扣工资，而高度紧张的老范更是曾一度想过犯错后有可能惹上牢狱之灾……

在镇政府工作仅仅七个月，他就从一百五十斤瘦到一百二十斤，"我的工作简直能要人命，真的是太辛苦了。"老范对我说这句话时，似乎心有余悸。

"基层公务员，想干事太难！"

因为对公务员群体不太了解，所以我想知道基层公务员的工作是如何开展的，以及现在国内基层行政工作的现状。

听我这样问，老范又是一大堆苦水。

老范说，大多数人都以为公务员是个油水很足的职业，其实不是那么回事，至少在基层，这群苦哈哈的人并没有那么好的条件。比如，一个款项是从上而下一级一级调拨的，从中央调拨到省里，省里会想方设法多扣一些；到了市里，市政府又想方设法多扣一些；到了县里，县政府又想方设法多扣一些；而到了乡镇上，基本上就没什么经费了。但乡镇政府却要维持水、电、暖、网、车、油、纸等消耗商品的开支，所以很多时候，镇政府为了节省办公开支，减少拨给基层公务员用来开展工作的费用，整个镇政府的运转可说是步履维艰。

而且，基层行政工作还存在一个问题，那就是人手紧缺。一般情况下，一个乡镇政府，其额定编制人数为四十至六十人，但基本上没有哪个镇政府是满编的，基本上都空缺十人以上；而且即便是在满编的情况下，这几十个人也很难在规定时间里完成上百件工作任务。老范所在的计生办，是工作量最大的部门之一，还要抽出时间去完成没完没了的检查、评比、考察、调研……包括老范在内，基层公务员基本上都身兼数职。

而让他们的工作雪上加霜的是，县政府还经常从乡镇抽调干部，而这些干部往往都是对工作比较熟悉的骨干。一次，老范和一位老同事一起去驻村处理一项工作，那项工作要持续差不多半个月时间，但县政府一纸文书就把那位老同事调走了。结果老范只能硬着头皮顶上，一个人应接不暇，有时候

第七章 "我是苦哈哈的公务员！"

真的想一甩手就不干了。

此外，基层还存在权责不对等的问题。老范的感触是，越是小的地方，官僚作风越浓厚，很多像老范这样的基层公务员，权力无限小，责任却无限大，明明是一个只能处理具体而实际的细枝末节问题的"喽啰"，却要承担几乎所有责任，而上级领导却往往能全身而退。2013年2月28日，在中国共产党第十八届中央委员会第二次全体会议上，审议通过了《国务院机构改革和职能转变方案》，国务院将这个方案提交十二届全国人大一次会议审议；2013年3月10日，国务院机构改革方案公布，不但对国务院办公部门进行精简，还在全国范围内进行精兵简政，削减办公部门。乡镇权力收缩，财权、人事权、土地权等几乎所有的权力都划归县级政府，"几乎所有芝麻绿豆大的小事都须上级批准"，乡镇政府也没有主动开展工作的动力，可中央分派的工作层层下压，最终都被推到了乡镇，甚至本就该县上负责的工作也要推给乡镇。

面对这些，基层公务员只能随着上级领导的指挥棒转来转去，以至于很多他们切身体会到的实际问题久久悬而未决，而新的问题又一股脑地从天而降。

当然，给老范印象最深刻的，还是农村的各种头疼问题。

首先是村干部配合工作不积极。中国的村委会基本上属于群众自治组织，村干部的工资普遍比较低，通常也就是几百块钱，而且因为受教育程度比较低，解决问题要么不积极，要么态度和方式粗暴，以至于很少能和基层公务员实现有效合作。老范驻村深入进行工作，经常遇到的情况就是那些村干部消极怠工，一味拖延，几乎所有的工作都是在应付，甚至有的村干部在传统宗族社会力量的保护下，利用同宗子弟成为村霸，在村里胡作非为，对老范他们分配的任务，基本上是爱理不理的态度。这让基层公务员们既难堪又无奈。

其次就是农村群众难以沟通。相比村干部，农村中的很多妇女和老人更让基层公务员头疼。遇到问题时，这些人的第一反应往往是哭闹、撒泼和破口骂街。一次老范去处理一家人的超生问题，结果被堵在巷子里被几个中年妇女骂了将近一个小时……处理这些人的问题时,唯一的办法就是软磨硬泡,硬着头皮死撑。

随后,老范极为无奈地说:"基层公务员,想干事太难!刚上班的时候,我发誓要努力工作,后来我实现了,我确实每天都在'努力'工作,可各种麻烦和问题还是层出不穷。有时候想一想,真是挺绝望的。"

听到老范用了"绝望"一词,我一惊,心里很不是滋味。

基层的贪腐现象

既然是涉及公务员的话题,那么"贪腐"问题就不可避免,于是我问老范:"虽然基层没有多少油水可捞,可是贪污腐败的现象不可能没有吧?毕竟'没有多少油水'和'没有一点儿油水'还是有区别的,既然基层公务员这么苦,那会不会导致你们动更多心思去弄'灰色收入'?"

老范想了想,说:"你的这个问题很尖锐,也很有水平。贪污腐败的现象是有的,可是很难到我这里,一是因为我级别低,二是实在是没有经验!你就是给我一笔款项,我也不知道怎么做假账!可是很多老油子就会,你根本不知道他们是怎么把一笔账变成他们的灰色收入的,这一点我想学也学不来,因为没有人教啊!"

然而,对于其他一些贪腐现象,老范说只能用"可笑"来形容。

每年,镇政府都要奖励本镇的前五名考上大学的学生,第一名奖励一台笔记本电脑,其余四名则奖励每人一个行李箱。可悲的是,镇政府中的一些人就盯上了这几样东西,最后,第一名的学生只得到一个行李箱,其余四名学生则每人只得到一个市价五元的手提袋和一支钢笔……

老范说起这些,脸上露出鄙夷的神情:"你看,在这种基层,连贪污腐败都透着一股寒酸,你根本就不知道那些人是怎么想的,到底是什么让他们毫无下限,连这种东西都敢据为己有,还好意思腆着脸去给那些大学生送行!"

第七章 "我是苦哈哈的公务员！"

当然，最让老范痛心疾首的，则是另外一种腐败。

在中国，似乎已经逐渐形成了一个"贵族"或者说"权贵"阶层，即那些"官二代"乃至"官三代"们。这些人大都有一个在当地堪称"显赫"的家世，他们仰仗着优于常人的社会关系，攫取了更多的社会资源，以至于和既无背景又无家境的广大人民群众相比，他们的子女更容易成为"人上人"。

这一点，在"属于他们的地盘"——官场，体现得更加淋漓尽致。

其实很多官二代在毕业之后也选择了考公务员的道路，然而和那些普通家庭出身的"老范们"不一样，乡镇政府对他们而言，似乎只不过是一个中转站，他们在这里待上半年，然后就会被各种奇奇怪怪的理由调到县委县政府，然后没多久就成了副科长，好像他们来基层的目的就是体验穷苦生活、锻炼意志的……老范就认识好几个这样的人，但都还没怎么熟络就分道扬镳了——"确切地说，是这些官二代们没有闲情逸致陪我们玩了。"

随后，老范忽然感慨道："曾几何时，我有这样的想法，认为我虽然家境平凡，可是只要我努力工作，勤劳苦干，就会有机会。但在基层挣扎的这几年让我明白，官场是残酷的，是黑暗的，对我而言是没有任何指望的！我想辞职，可是五年的服务期还没有满，他们是不会放我走的，而且我的爸爸妈妈也不会同意我这样做的，我能在镇政府上班，已经成为他们的骄傲和希望了，如果我辞职，他们一定会承受不住这个打击。"

接着，老范又说："当然，问题不仅仅是这些，还有一个问题是，我们是不被理解的一群人，这让我相当委屈。首先是家人、亲戚、朋友不理解，并不是说他们反对我的工作，恰恰是因为他们太'支持'我的工作，我才说他们不理解。他们以为我拿到了金饭碗，是"人上人"了，于是对我的要求也相应地高了，在他们心中，我的工作部门是一个"肥差"，想不贪污受贿都难，所以他们总是提出一些奇奇怪怪的要求。我的一位堂哥，甚至在过年的时候对我说：'你看别人那些当官的，逢年过节的时候，谁不是给家里亲戚送两箱酒、几桶油的。你呢，新官上任都两年了，我一袋米、一袋面都没

收到过。当了官，好处不能是一个人的，有好事得想着家里人，你得先做人，再做官！'

"其次，就是社会的不理解。其实通过我堂哥的话也大概能知道社会上对我们的看法，没错，在大多数人眼中，我们公务员无论职务高低，都是贪污腐败分子，活得很潇洒，每天大鱼大肉，每个人都劣迹斑斑！甚至有一次，一群农民到镇政府闹事，开口就骂：'把你们这些贪官污吏打死了就是为老百姓除害！'——可是我们真的是十恶不赦的吗？我承认，公务员队伍中是有大量贪污腐败的现象，但是也不能因此就一竿子打翻一船人是不是！我觉得不公平，我觉得自己比窦娥还冤！"

很难养家糊口

然而，对于老范来说，压塌他的最后一根稻草，是工资问题，这是与他的生活息息相关的一个环节，是根本中的根本。

老范的月工资是两千元，即便是在一个小乡镇，这个工资也不算是高的，他所在的镇上有几家工厂，在那里上班的工人月薪都能达到三千元。

老范每个月的生活费将近五六百，再加上其他一些花销，工资所剩无几，因此除了在单位吃工作餐，他很少在外面吃饭，都是回家自己做。而且他很少去镇上的超市买东西，因为超市东西太贵，一般情况下，他会在早市上一次性买够四五天的菜，因为便宜。精打细算的他知道每一种蔬菜的价格以及早市和超市中的价格相差——在超市买一个萝卜的钱，足够他在早市买三个的。

公务员的工资将近十年未涨，可众所周知的是，物价却一直在飙升，面对高昂的物价，老范和他的低阶层公务员同事们只能勒紧裤腰带，因为他们对此毫无办法。老范沮丧地说："做其他工作的人，还能组织起来一起要求领导涨工资，可是我们不能；别人还能做一些兼职赚外快，我们也不能，因

第七章 "我是苦哈哈的公务员！"

为没时间，而且领导不允许。有时候真是叫天天不应，叫地地不灵！一点儿办法都没有，只能眼巴巴看着自己的腰包瘪下去！"

"在我们乡镇，公务员的工资基本上都是两千多，三千的都很少，很多工作了几十年的同事还是两千多，我经常想，他们的现在很可能也是我的未来！有人会说，你们公务员工资不高，可是福利待遇很好啊！呵呵，是'很好'！逢年过节的时候，会有一两百元的过节费，年底会有两三千年终奖金，可这都是老黄历了！自从中央出台八项规定后，连这些东西也都取消了！现在的我，只有死工资，没有任何福利和待遇！去年，我所有的工资及其他补贴加起来才三万多一点儿。"

升迁无望，坐困愁城

最后，我问了老范一个相当俗套却又很现实的问题："你对将来有何打算？"

老范想了想，然后颇为无奈地摇摇头，说："没啥打算，还能有什么打算？只能走一步说一步呗！"停顿了一下，又说："可是，既然是做公务员，那么唯一的途径就是向上走，升迁才是唯一的出路，可是升迁哪有那么简单呢！刚才我说了，那些官二代们有父母的荫庇，很容易就能从基层调往县市工作，而且我估计他们的将来也未必会比父母的级别低……可是我不能，没有背景，升迁无望，又不能辞职，只能在这里，一点儿办法也没有，只能是——"老范想不起该说什么，一时语塞。

"坐困愁城。"我帮着他补充道。

"对！"老范忙说，"就是这种感觉！活也活不好，死也死不了，进来想出去，可还出不去！"

我不知道应该说些什么来安慰他，实在是无话可说，愣了愣，问道："你们镇政府的人都是这种情况吗？"

老范说："不全是，但大部分都是这种情况。在中国，毕竟没钱没权没

139

势的人还是占大多数。所以好多人,也有几个和我年纪差不多的,也在忙着找新出路。他们都在准备国考,或者是准备向县里冲刺,要么是考县财政所,要么是考县纪委。他们的工作不像我那么紧张,有时间准备考试,而且家境也都还说得过去,不像我,既没有时间,也没有……"老范没有再说下去,当然,我心知肚明,清楚他要表达什么。

"难道除此之外,你们就没有任何升迁的途径?"

老范想了想,又说:"也不是,其实一竿子打翻一船人是不对的,政府里面也不是一点儿实事也不干,有的人虽然没有什么背景,也没走什么后门,可是工作认真,业绩比较突出,在基层待了几年,还是被推荐到了县里甚至市里,领导中也是有伯乐的。可这种情况,很少。"

"你认真工作,干上几年,说不定会被领导看中呢!"

老范摇头,苦笑:"不会的。你不了解镇政府各部门的工作,所以才会这么说。计生办离领导太远了,基本上你干什么工作,出多少力气,领导都看不到,而且因为工作多,又难做,整个人都被束缚住了,能'完成'就不错了,还敢谈业绩?倒霉就倒霉我被分配到计生办!"

然后,我又问:"你想过辞职吗?或者说干脆一甩手不干了,另谋他事。"

老范苦笑,说:"放在以前我可能会的,可是现在不会,不敢,也不能。为了考公务员,我用了好几年的时间准备,付出了大量的精力。不夸张地说,高考我都没这么上心过,我不想让自己的付出付之东流。然后,我的爸爸妈妈也不会同意的,古人不是说'学而优则仕'嘛,老祖宗既然这么说,就一定有他的道理,而且我的爸爸妈妈就坚信这一条,尽管他们从来没有听过这句话,要辞职,他们肯定不会同意的;我现在是'吃公家饭的',是他们的骄傲,我不想让他们失望。还有一个比较现实的问题,如果我辞了职后,那么我的所有保险是不能够再继续下去的,可以去买其他的社保,可是我又担心自己的能力……还有,我的专业储备本来就不是很好,英语单词都忘得差不多了,即便是让我'重操旧业',我也很难做好新工作……"

我听了，跟着他一起苦笑。

"车到山前必有路"

然后老范又告诉我说，如今的他，没有房子，没有女朋友，在乡镇和农村，很少有年龄合适的女孩。即便有，女方的要求也无不是"要有房有车"，他自然是无法满足。现在，已经二十八岁的他仍然不知道自己何时能成家。

听到老同学的这些倾诉，我的心里始终不是滋味，但他的问题并非一人的问题，也并非一时的问题，谁也无能为力给他指一条明路，于是只能拍拍他的肩膀，说："古人不是还有句话嘛，车到山前必有路。坚持下去，总会有好的未来的。"

老范点点头，苦笑一声："但愿吧！"

第八章　多样人生

陆东今年三十二岁，大学毕业已八年，在一家食品企业做销售经理。我拿着朋友给我的地址找到他的办公室时，他正给客户打电话。

看到我，他微笑着起身，示意助理给我泡了一杯铁观音，脸上的笑容很是抱歉。我回敬一笑，表示自己不介怀，用手势示意他先忙。

等待时，我无聊地观察起陆东的办公室。我发现，虽然坐到了经理的位置，他办公室并没有气派和豪华的配置，除了办公桌椅别无他物，办公桌上也只有一部电话和一沓整整齐齐的文件，给人以井然有序的整洁感。

我并不感到奇怪，因为陆东大哥给我的第一印象也是这样——黑西裤加白衬衫，干净，简单。

大约过了十几分钟，陆东来到我身边，他不好意思地笑了笑，表达了自己的歉意，然后抽出名片双手递给我。我想这是他多年来保持的习惯。他眼神中透着真诚，毫无做作之感。我忙接过，仔细看过上面的介绍，同样简单，蓝灰色的背景上只有姓名、职务和电话。我称赞了几句，两人的谈话便在友好而轻松的气氛中开始了。

陆东出生于湖北一个小乡镇，没有兄弟姐妹，在农村，这种情况很少见。母亲身体一直不好，父亲常年在外打工，陆东凭借助学贷款、奖学金和寒暑假的各种兼职，顺利拿到了上海某大学的毕业证。

毕业后的陆东，和很多同学一样，有着初入社会的无助和惶恐。他收拾

第八章　多样人生

了本就很少的行李，孤身一人去了深圳。陆东觉得大都市会有很多机会，可当他真正到达那里的时候，他才发现，所谓大都市的繁华是给有钱人准备的，而他这类一没钱二没工作经验的无名小卒只属于那些破败不堪的都市里的村庄。

陆东无法在深圳市中心找到便宜的住所，这里哪怕是个小旅馆一夜的住宿费用也要好几百，他口袋里还是暑假打工挣来的几千块钱，不省着点儿花，恐怕他很快便要露宿街头。幸好他来之前上网搜了很多关于深圳的知识，这也成为了他以后做任何事都要未雨绸缪的原因——有了准备便能有更高的把握。陆东知道，他若要想在深圳立足，得先去市中心以外的都市村庄租个房子，然后再慢慢找工作。

陆东租了一间很简陋的民房，里面只有一张床、一把椅子和一张桌子。虽然民房简陋，但四周却出奇的热闹，有卖烧烤的，有卖小饰品的，有卖生活用品的……各种各样的物品摆满了道路两旁，吆喝声不绝于耳，很是热闹。还有几个大学生模样的人在兜售公文包，陆东在公文包面前徘徊了很久，最终摸摸口袋离开。他很想有一个公文包，那是他从小就渴望的东西，记忆中，中学老师常常夹着公文包来到教室，那帅气潇洒的模样让他至今记忆犹新。"等挣到第一笔钱就买。"陆东暗暗告诉自己。他没想到，自己竟在这个地方住了将近两年的时间，直到他离开深圳。这段时间，这里的生活将他身上染上了五颜六色，使他变得不再单纯和无知。

陆东安顿好自己，稍作休整便去人才市场找工作。深圳的人才市场很大，里面招聘的岗位也很多，陆东比较感兴趣的是销售岗位，在他的认知里，销售很赚钱，很多名人也都是从销售走过来的。他选择了几家知名企业，将自己的简历投了出去，然后满怀期待地走出人才市场。为了庆祝自己即将成功迈出第一步，他掏出五元钱去路边摊喝了一碗带肉的胡辣汤，那味道至今陆东还记得，很香很好喝。时至今日他吃了很多珍品佳肴却没有一次能像那碗胡辣汤一样让他回味无穷。

人生四季
◎ 就业季 ◎

等待面试通知的时候，陆东也不闲着，他就近找了一份饭店钟点工的工作。钟点工的工作也就是在中午的时候工作三个小时，晚上再工作三个小时，他一天能拿到二十块钱，还能免费吃两顿饭，这对于陆东来说已经足够好了。他原本想着等面试通知下来，他便辞掉钟点工的工作，谁知这一等等了足足一周也没有任何消息，不用问也知道，自己没有获得面试的资格。为了生计，他不得不边打工边找工作。陆东所工作的饭店是个小店，做的是家常菜之类，老板告诉他们，谁能给他的饭店拉来客户或者推销出去啤酒之类的饮料，谁就拿更多的钱。陆东很心动，他算了一笔账，用 A5 纸打印了很多小广告，空闲的时候派发给行人，行人打着他的名义去吃饭的话有折扣，当然这些折扣是陆东补出的差价，可他赚的提成要远比折扣高。至于那些不是冲着他来的食客，他便使出九牛二虎之力推销店里的饮料。一个月下来，工资还就数陆东的最高，同事虽然羡慕却不知道陆东私下里的付出，也因此，陆东常常受到排挤。通常，干活最多的是他，下班最晚的也是他，他的手上被热面烫伤的疤痕至今还在那里，就像一个符号，时刻提醒着陆东你要努力上进。

陆东在饭馆打工期间，接到了一家手机专卖直营店的面试通知，激动得差点跳起来，他毅然向饭馆老板辞职，决定不给自己留后路。面试很顺利，对方看中的正是陆东在饭馆打工的经历。陆东在这家手机专卖店里完成了很多第一次，第一次穿统一的职业装，第一次用不太标准的普通话和顾客交谈，第一次自掏腰包买了一个稍微高档点儿的手机。手机专卖店是店面销售，是顾客走进店内才能体现销售价值的店面服务，陆东开始的心态很平稳，遇到每一位顾客，他都耐心解答对方提出的问题，可最后他却发现，通常顾客听完便点点头离开，一天下来，他累得口干舌燥，却不出半点儿成绩。渐渐的，陆东的耐心似乎被磨光了，他有选择地接待进入直营店里的顾客，结果还是不行，到月末的时候，他只卖出几部手机。虽然没有被末位淘汰制淘汰掉，但他所拿的薪水少得可怜。陆东知道照这样下去，就算公司不辞退他，他也养活不了自己，更别说赚钱养家了。

第八章 多样人生

陆东针对自己这一个月来的经历做了一下回顾，他决定向销售量高的同事取取经。谁都知道，直来直去地问同事他肯定不会告诉你，毕竟，这是他挣钱的法宝。陆东便采取迂回战术，空闲时间便找那些同事聊天吃饭，虽然会花费一些钱，可陆东也从他们口中得到了销售的秘诀。原来，很多顾客买东西都冲着优惠，你长篇大论地讲手机如何如何好，还不如给他们最低的价格和最优的性价比，先抓住顾客的心才能让他们乖乖掏出钱包里的钱。陆东明白了之后，也按照这个路数去做，在直营店的销量果然有了起色。尽管如此，陆东仍不满足，因为父亲打来电话，言语之间，母亲的病似乎重了，看病的钱花得也更多了，陆东索性夜间摆起了地摊来。他先拿出少许的钱从批发市场批发了一些女生用的饰品，然后花钱租了一小块地皮，将东西摆在上面。女生用的饰品讲究的是新颖和价廉，陆东在做饰品之前早就观察了很久，他发现，其他卖女生饰品的摊贩卖的饰品虽然价廉，可质量真的不敢恭维，他决定摆摊先赚口碑，口碑好了，顾客自然就多了起来。果然，陆东的摊位虽然开张不久，却是生意最红火的，一来他刚毕业，很容易和年轻人打成一片，二来他卖的东西质优价廉，多半是朋友带朋友来买。那段时间，陆东大赚了一笔，省吃俭用的他只留了生活费，剩余的全部寄给了母亲。然而，陆东红火的生意很快招致其他摊贩的眼红，一个品行恶劣的当地摊贩带人找借口砸了陆东的地摊。陆东不服气，和他们正面起了冲突，结果被人打成了轻伤。陆东报了警，警察抓了那个当地摊贩，当地摊贩的父母还算有钱，他们请求和解，警察询问陆东的意思，陆东想了想，不予追究，接受他们的赔偿了事。现在想想很可笑，当时陆东却是很无奈，他拿着对方赔给的多于他损失的钱结束了摆地摊的生涯。也正是这段遭遇让他明白社会并不是他想的那么简单，也并不是用善良就能解决所有问题，还有很多邪恶之气在肆虐，他应该学会更好地巧妙地应对，而不是硬碰硬。

好在陆东还能在手机专卖店里上班。然而一年之后，这个手机品牌开始落魄，科技更新换代很快，谁掌握先进的科技谁就拥有全世界，这句话说得

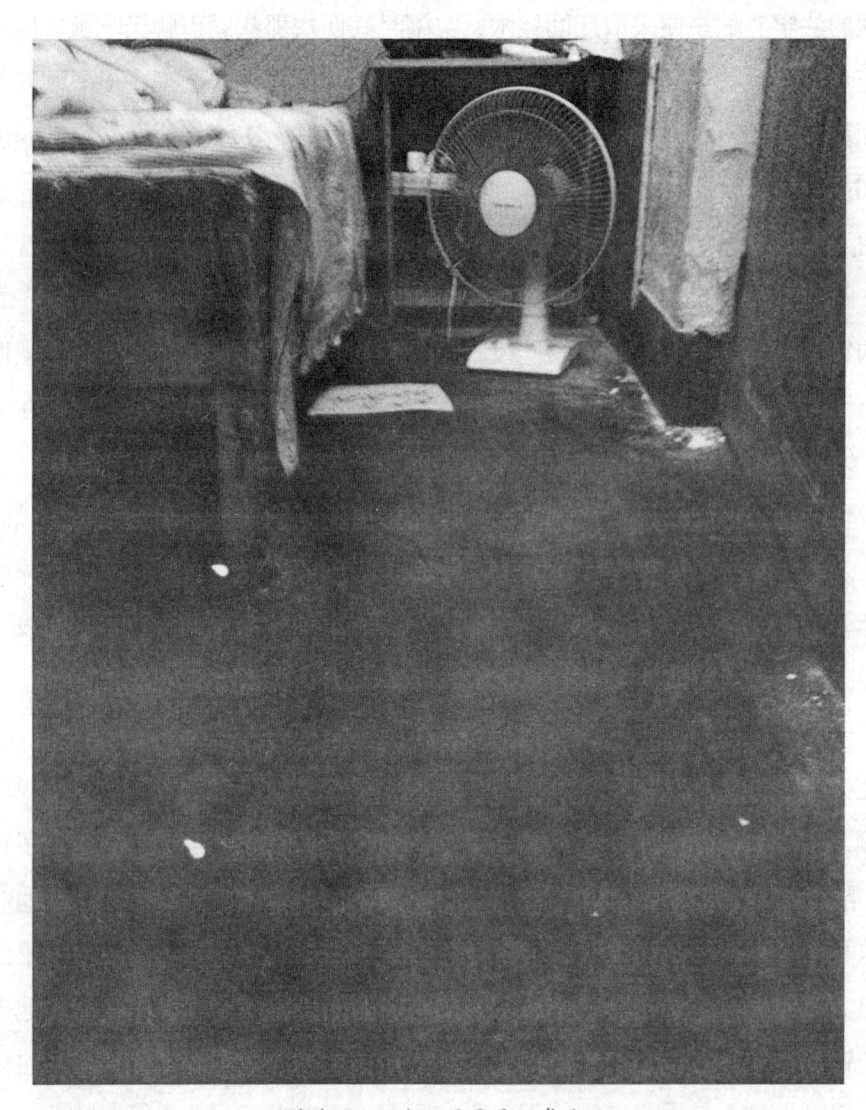

因为潮湿,一些蜗居需要经常吹风

第八章 多样人生

一点儿没错，陆东所在的手机专卖店前门可罗雀，他熬不起，便选择辞职。

辞职后的陆东立刻马不停蹄开始寻找新的工作。他知道，以他的工作经验完全可以很轻松地找到另一份手机销售工作，可他却不想再做手机销售，他不想年复一年地待在十几平方米的空间里被资本家压榨完最后一滴血汗。他觉得做手机销售已经没有任何挑战，而且上升空间也不大，他转行做起了白酒和红酒的销售，因为这个行业的利润空间更大，能满足他挣钱的目的。是的，那时，陆东唯一的目的就是挣钱，他不想让日渐苍老的父亲在工地上干又苦又累的活计，他不想让母亲因为没钱看病而遭受病痛的折磨。

陆东所做的白酒和红酒属于平民化的一类，当初他在选择酒水档次的时候曾想过，以他的资历做高档白酒和红酒会很吃力，因为高档白酒和红酒的客户群体毕竟多半是非富即贵，而他还是个底层毛头小子，人脉资源很少，交际圈很窄，做到最后只有死路一条。大众化的白酒和红酒就不同了，这类酒的档次不高，客户群都是平民百姓，他容易突破防线。事实证明，陆东的选择非常正确。

陆东为了完成公司所定的任务，亲自跑去各个县市，用高额的回报吸引了大批经销商，再加上酒的品质还算不错，所以，陆东的酒销售得很好。采取的策略和当初他在饭馆招揽顾客的方式有异曲同工之处，只是，让陆东没想到的是公司还有一项要求，那就是销售提成和收回来的货款连在一起，也就是说，你卖出去酒没用，还要负责将卖酒的钱收回来，这样才有底薪和提成。而如今做买卖，多半都是压着货款不愿付款。陆东在做好了酒的销量后又开始了催要货款。有的经销商好说话，陆东表达了意思后便爽快地将货款结清，有的经销商却百般找借口不想给钱，陆东不能来硬的便请他们吃饭喝酒，最后费了九牛二虎之力才将钱款追回。通过销售白酒和红酒，陆东赚的钱比之前任何一次都要多，而他付出的努力也很多。比如，为了拿下一单，他不得不在深夜的时候还在陪客户喝酒唱歌，而他的身体也开始罢工，头发变得稀疏，有一次他喝酒喝得胃痛。年底的时候，陆东开始审视自己这份高

人生四季
◎ 就业季 ◎

薪工作，他觉得自己以牺牲健康为代价做这份工作真的很不值得。赵本山有个小品里说，世上最可悲的是钱还在，人没了，虽然很诙谐，却很实在。所以，春节过后，陆东向公司提出了辞职。

因为赚了一些钱，也因为过年同学聚会的时候，他遇到了老同学，俩人商量着各自拿出一部分钱做服装生意。老同学很富有，出了大部分钱，而陆东只出小部分钱，销售经营归陆东管，老同学只等着分成。尽管如此，陆东仍旧开心不已，毕竟这样不用给别人打工，说得好听点儿就是自己给自己当老板。

陆东对比了好几处位置，最终在一个比较满意的地方租了店铺。有了店铺又开始装修，找工人、买材料、跑材料市场，其间，他去了广州。众所周知，广州是国内最大的服装批发基地之一，陆东在短短几天里跑了好几个制衣厂，最终和其中一个制衣厂达成协议，由陆东发订货单，而制衣厂按照要求给陆东发去货物，这样陆东就成了一手经销商，因此赚的利润更大一些。

服装店开张之初，陆东为了节省成本，一个人揽下所有事务，进货、验货、悬挂……每天忙忙碌碌到深夜才将店铺门关上，尽管如此，这样的生活仍旧是陆东所满意的。当然，也有不满意的时候，比如有一次，他接待一位顾客试衣服，因为顾客太过丰满，非要试一套不合自己身材的衣服，陆东好意劝解，顾客不听，还嫌陆东管得太宽。陆东无奈，最终取了最大号码的衣服给她，而那位顾客好不容易将自己的身子塞到衣服里，结果衣服被撑破了，陆东要求顾客赔偿，哪里想顾客竟想找借口悄悄离开。陆东无奈下报了警，警察到后，那顾客竟然翻脸不承认是自己弄破衣服的，警察也没办法，因为陆东无法举证就是顾客将衣服弄破的，最后事情不了了之。经过这件事情后，陆东咬牙买了一套监控装在店内。之前还有邻家衣服店的店主好心提醒他装一套监控系统，他粗心大意一直拖着没装，结果吃了亏。陆东也从中得到一个教训，那就是前辈的话需要听，毕竟那是别人多年来得到的经验，属于前车之鉴。

第八章　多样人生

　　服装店在陆东的精心经营下生意越来越好,陆东由最初四个月去进一次货改为三个月一次,他频繁地奔波于店铺和广州之间。因为每到换季节的时候衣服便要上新款式,而每年衣服的款式都大有不同,这需要经营者有极好的眼光和敏感的"嗅觉"。为此陆东订了许多时尚杂志,他抽空上网研究那些女明星的穿着,甚至还利用微信订阅一些有关时尚的文章。陆东越深入越觉得自己对于服装界和时尚界的认知少得可怜,好在他明白的不算太晚,把握住了时尚的潮流。陆东又和广州那边的厂商展开一场新的尝试,由厂商将他们的最新款式定期通过网络发来,由陆东进行挑选,预订后再由厂商根据陆东的需求量直接走物流发过来,这样既避免了陆东在两地来回奔波的辛苦,又可以有更多的时间去思考和管理店铺。年底分红的时候,陆东一年的付出总算有了回报,他甚至在老同学的建议下买了一辆代步车。而老同学看着陆东略显疲惫苍白的面容,又让他别那么辛苦,年后说什么都要招一个营业员来店里,毕竟想要将店铺做大做强就不能把思想停留在以前的阶段。过年的时候,陆东开着几万元的车回到家里,一路上遇到村里的人,陆东能感觉到大家看他的眼神带着惊讶和崇拜,毕竟如陆东这般年轻便有了自己的车的人全村只有他一个。一家人在吃年夜饭的时候,陆东父亲第一次买了酒来喝,而母亲也因心情好多炒了俩菜。陆东父亲是个老实巴交的农民,一向不怎么喝酒的他那晚喝得酩酊大醉,因为高兴,他的儿子有了出息。陆东看着五十岁不到模样却像六十多岁的父亲,深深地记住了父亲的话——吃得苦中苦方为人上人。

　　陆东和母亲安顿好父亲休息后,便坐在院子里看天上的月亮,顺手点燃了一根父亲经常抽的散花烟。这种烟很廉价,他却抽得很娴熟,因为他现在也抽这个牌子的香烟。尽管他挣到不少钱,可有些节省的习惯他仍一直保持着,唯一的奢侈就是买了一辆几万块钱的面包车。买车不是为了面子需要,而是他实在想抽空带着父母去外面转转,见见外面的世面。父亲还好,常年在外,虽说是做工,但毕竟算是见过世面的人。而母亲就不同了,她作为家庭妇女，身体不好，大半辈子都待在村里，没有见过外面的花花世界，如果这样过一生，实在是可悲的很！——带母亲去外面看世界是他小时候的愿望。

年后，招了一名刚毕业的大学生。陆东看着这个大学生想到了刚毕业的自己，这个大学生和他一样，朴实而有上进心，对陆东的要求理解得很到位，陆东暗中观察了她几次，对待顾客耐心细致，对待工作兢兢业业，从不提前下班走人。这样持续了将近一个月，陆东终于可以放手让这个大学生去做，而他趁着这个机会，带着父亲和母亲开始游历祖国的大好河山，算是完成他小时候的梦想。

时间过得很快，转眼间他和老同学开店的日子已经过了两年，原本陆东以为这样的日子会继续下去，谁知道老同学其他生意资金周转困难，想要将服装店投入的资金全部撤掉，饶是陆东好说歹说都无法动摇老同学的决心。并不是陆东不想单独干，毕竟单独做赚的钱更多，而实在是一些固定资产和货物都占压着资金，而老同学一旦撤资，两人必定面临着结算，最终的结果便是服装店元气大伤。劝说无果后，陆东将车子卖掉，另外还从朋友那里借了一部分钱，终于和老同学将账目结算清楚。这一番折腾下来，陆东可谓是筋疲力尽，为了节省成本，他将大学生营业员辞掉，再度一个人撑起整个店铺。眼看着日子一天天地好过起来，没想到的是租房协议到期，房东赶过来告诉陆东，他不能再续租给他，因为这个地方面临着拆迁。真是祸不单行，陆东没有办法便将衣服低价销售出去。再找到一个合适的店铺没那么容易，陆东便决定先将店铺关掉，在家休息一段时间后再整装待发。

一切似乎又回到了最初的位置，不同的是陆东没有了刚毕业时的青涩和无知，回到家的陆东被母亲张罗着去相亲，毕竟村里和陆东一样大的伙伴都有了孩子。陆东不想拂了母亲的好意，每次匆匆而去匆匆而回。他知道，如今的自己要钱没钱，因着接连的打击不复以往的意气风发，压根不是谈婚论嫁的时候。原本准备在家里多待些日子，如今看来，他必须要重新振作让自己变得有底气。陆东跑了很多地方，希望能找到合适的店面，可结果却是要

第八章 多样人生

么位置合适转让费、月租太高，要么位置偏僻不适合开店，这样又折腾了一段时间，也没折腾出结果，他自己却瘦了十多斤。本来不多的存款越来越少，陆东决定先找一个工作干着，工作的同时可以关注着那些转让的店铺，有合适的再盘下来重新开店，这样不至于啃老本没收入。

陆东通过投简历被一家做电线电缆的企业招为业务员。说起这份工作陆东还真得感谢做服装店生意的那两年，那时陆东两地奔波，见过各式各样的客人和经销商，而其中还有不少的外国人。为了能更好地和这些人交流，陆东便报了英语培训班，业余时间苦学英语。一段时间下来，他的英语水平不比那些英语专业的学生差，他甚至考过了专业六级。而这家做电线电缆生意的企业正是针对国外销售，主要出口非洲尼日利亚等国。当陆东看到这家公司的招聘启事时，忽然对外贸出口产生了极大的兴趣，他抱着试试的态度投了简历，没想到一路上过五关斩六将，竟然将外贸业务员这个职位拿了下来。外贸业务部的同事平时都用英语交流，潜移默化中，陆东的英语口语更进一步，他利用阿里巴巴平台发布公司的产品信息，每天更新页面。有国外的客户打电话或发邮件给他，陆东均认真答复其所有问题，并及时跟进，终于在当月月底成功拿下一个单子。这在新入职员工中是极少见的，陆东受到了领导的表扬和公司的嘉奖。在公司周会上，陆东向同事们分享了自己的成功心得，他之所以能在入职第一个月做下一笔单子，很大程度上因为他之前有过手机直营店的销售经历，对于客户，他知道仅仅详细为他们讲解问题还远远不够，针对不同的客户要采用不同的策略，这样才能牢牢将客户抓住。陆东的分享赢得了阵阵掌声，公司不仅让陆东提前转正，而且决定让他出国历练。

出国也算陆东的梦想之一，毕竟每个年轻人或多或少都有一个出国梦。然而到了非洲陆东才发现，梦想很丰满现实却是很骨感，非洲的生活条件很艰苦，远比在中国要艰苦得多。那里的经济水平相当于中国上世纪七八十年代的水准，主食基本以土豆为主，用水用电十分困难，一周难得洗一次澡，并且，非洲对枪支的管控很松懈，几乎人人有枪。在这里生活了好几年的同

人生四季
◎ 就业季 ◎

事告诉他，没事就别出去闲逛，尤其是晚上，他们也在当地购买了几支枪用来防身。这里的一切对于陆东来说是刺激而陌生的，他和同事一起利用白天时间跑跑客户，晚上便待在住处不敢出去。这样的生活一直持续了一年，陆东晒得像非洲人一样黑，皮肤变得粗糙，但他收获了不少非洲朋友。在这一年期间，陆东为公司拿下好几个大单，并且利用之前做生意的经验为公司讨要到了久被拖欠的款项。一年后，陆东被召回国，职位也由最初的外贸业务员升为外贸部一组的组长。职位高升，收入有涨，陆东感到肩上的担子陡然重了起来，而开服装店的想法也暂时被搁置。在一次聚会中，陆东偶然间从一个喝醉酒的同事口中，得知公司将员工派出国外，表面上看似乎是对员工成绩的肯定，其实出国并非是好差事，辛苦不说，稍有不慎甚至会连命搭进去："你看，老板的亲戚怎么没有一个人去？不是因为他们资历不够，而是他们受不了那种苦，只有没有后台和背景的员工才会被外派！陆东你还年轻，不懂得职场的尔虞我诈，做事不要那么卖力，否则枪打出头鸟！"当陆东听到这些话时，心里一咯噔，顿时有种被耍弄的感觉。虽然他来公司后曾听到一些诋毁公司的言论，但他从来都是一笑而过，现在想想，同事的话未尝不是真的。这个公司是私企，老板的话比天还大，并且公司内部连带关系很严重，重要的岗位都是老板的亲戚在担任，外人很难插手进去，所以即便陆东挤破脑袋也未必能在高层混个一官半职。而彻底让陆东对这个公司失望坚决离开的原因是自己的客户被公司内部人员挖了墙脚，这种恶意竞争是不能出现在公司内部的，并且公司也有严格的制度和惩罚措施。但是只因那人是老板的小舅子，便轻而易举地躲过了这个惩罚。三天后，陆东向经理提出辞职。面对经理的挽留，陆东笑笑没有多说，他知道，如果公司的管理跟不上，下面的员工再怎么努力也只是修补一小部分漏洞，当洪流到来，公司便会轰然倒塌。

陆东从电线电缆公司离职后，凭借自己扎实的英语功底和出国经验，很快便在另一家外贸公司立足。陆东直接应聘的是销售主管岗位，他手下领导

第八章 多样人生

着数十人,这是一家做医疗器械的销售公司。医疗器械的销售与电线电缆的销售有所不同,主要销售对象是国内各大医院。现在医疗器械销售竞争很激烈,不少医院是需要靠红包和回扣打开销售缺口,在医疗器械的品牌那么多,质量又都差不多的情况下,别人凭什么要从你手中购买。陆东在做了市场调查后决定遵循市场竞争的规律,甚至为了拿下其中一个医院的订单,他亲自出马。陆东清楚地记得那天天色阴沉,他和医院的采购人员相约在一家餐馆,临出行前他再次检查了随身携带的资料,这是他多年来保持的习惯,确认资料准确无误。陆东提前二十分钟到达相约地点,以示尊重,然而相约的时间到了,却不见医院采购人员的身影,出于礼貌,陆东在对方迟到十分钟后打了一个电话。结果那采购人员竟然说自己因为忙给忘记了,而陆东清楚地听到电话那头喧嚣的声响,那是他曾经经常请客户唱卡拉OK时所听到的声音。也就是那一刻,陆东真的很想发怒,但作为一个销售人员,他忍住了,毕竟,这种事情他从前不止一次地遇到过,临时放鸽子,甚至在签约前一秒毁约。如今他已经练就了强大的内心。陆东和对方约定好下一个时间,然后他要了一碗鸡蛋面算是给自己今天辛苦的奖励。再次到了相约的时间,陆东一如既往地提前二十分钟到达,这次他们约的是某高档会所,陆东何尝不知那次那位采购人员忘记约定是假,给他一个提示和下马威是真。职场上很多事情都要靠自己揣摩,看透不说透才是销售人员的最高境界。果然,那采购人员按时到来,他对陆东安排的场所很满意。两人吃了两千多元,这远远还不够,对方最后要求陆东给百分之二的回扣,陆东爽快地答应了,并将回扣点提高到百分之三。不过,陆东对采购人员说,这么高的回扣点,必须今天签合同。采购人员虽然有些犹豫,但也只沉默片刻,便答应了,这样陆东顺利拿下了这个单子。利润仍是有的,只不过,没先前那么高而已。陆东的这种销售模式叫作乘胜追击,这是他自己总结得来的。销售最怕夜长梦多,因为不知何时就会有人挖你墙脚,有钱赚就要下手快,否则一切努力到头来可能都是白费。

153

人生四季
◎就业季◎

　　而另一单的成功也和陆东的努力分不开。陆东无意中从一个同事口中得知某某的妻子Ａ在某医院工作，负责医疗器械的采购。而这位负责人却是俗语说的属于油盐不进的那种，想要给Ａ送钱的人很多，可Ａ除非必须全都避而不见。陆东打心眼里敬佩这样的人，他自信自己的医疗器材质量绝对没问题，但怎么拿下Ａ，使她今后从自己公司订货，这是一个难题。陆东思考了很久，最后决定采用迂回战术，他搜集了有关Ａ的各种喜好，其中之一便是Ａ的母亲。Ａ几乎每周都会看一次她的母亲，这对于多次被Ａ拒之门外的陆东是个机会，此后陆东每周都会在Ａ必经之地等她，从开始见面点点头，到后来见面出声问好，再到后来聊上一两句话。陆东又打听到Ａ的母亲喜欢听戏曲，便专门拜访了著名的戏曲表演艺术家，并花钱买了一张艺术家签名的碟片，他准备送给Ａ的母亲，这是一个很好的借口。当Ａ收到陆东给她的唱片时一点儿也不吃惊，因为从一开始她就知道这个年轻人的目的并不单纯，她没想到的是陆东能这么沉得住气，坚持这么久。陆东对于Ａ的询问毫不隐瞒，他开门见山地说希望Ａ能够给自己一点儿时间，让他讲一下自己公司的医疗器材。Ａ答应了，陆东在有限的时间里对自己公司的产品做了简洁而详尽的介绍，Ａ表示自己会考虑。陆东便不再纠缠，接下来陆东在极度艰难的等待中度过了数日。终于有一天，他接到了Ａ的电话，陆东知道这件事成功了一半。后面的发展十分顺利，Ａ所工作的医院和陆东签了购货合同。陆东成功地啃下了这块硬骨头，这份订单，陆东没有折损一兵一将，全都是靠自己的诚心将对方打动。所以销售这个行业瞬息万变，对于不同的客户要采取不同的方式，才能取得对方的认可。

　　在医疗器械这个行业做了将近一年的时间后，陆东最终决定辞职，并不是他做得不够好，而是对于这个行业，他始终无法发自内心地去喜欢。毕竟里面太过黑暗，虽然他做销售的出发点是为了赚钱，但他首先是个人，还有良知，他不想违背自己的良知去做一些事情，那会让他觉得很不安。

　　从医疗器械这个行业离职后，陆东准备花一段时间去旅行，他太需要放松了。

陆东在大学期间和一些资深驴友一起出行过，有这方面的经验。他从家里推出了那辆尘封已久的山地车，背起行囊，沿着精心设计的路线行走，从河南走到山东，从山东走到河北……路上，他忽然想起一句话：行者无疆。

他真心希望，在这条路上一直走下去。

然而，细心而敏锐的陆东很快就发现了商机。

一次，陆东在河北北部某地遇到一个年轻人，二人相谈甚欢。陆东得知那人是某绿色农业生物公司的，他们的主营项目是一种新兴农业——无公害阳台蔬菜。传统蔬菜种植，是在田地或者温室大棚内，而阳台蔬菜，则是将蔬菜搬到家庭住宅中，既可以将蔬菜当作花草来侍弄，又可以食用。因为种植全程完全由自己掌握，所以安全系数高，在食品质量安全问题严重的中国，对消费者来说，可谓是一个不错的选择。而这位朋友的公司就是为客户提供阳台蔬菜种植所需的设备、种子以及技术指导。

只是，目前这种新型产品还没有得到广泛的推广。

路东似乎看到了商机，他想将这种新兴事物推广起来，于是匆匆结束了自己的旅程，应聘到这家公司，做起了无公害阳台蔬菜的推广销售业务。

这份推销员的工作比陆东先前的任何一份工作都要辛苦，这也是他所有做过的工作中最考验脚力的一个，因为他要一个小区一个小区地跑，将公司的理念和经营模式介绍给小区住户。有的高档小区管理严格，压根不让他这种推销人员进入，陆东便不得已"收买人心"，给物业人员递几根香烟，聊点足球，说点时政，拉近关系，最终如愿以偿进入小区。

最初，他选择向小区内居民发放介绍无公害阳台蔬菜的宣传册，可对于匆匆忙碌的小区居民来说，他们压根没时间也没精力去看上一眼；即便停住脚步，也对此产品产生不少的疑问。一个星期下来，陆东收获甚微。夜里，陆东拖着疲倦的身躯走回住所，煮了两包方便面作为晚餐。吃饱喝足后，他开始思考这一周以来自己所做的一切，然后，他考虑到，是不是自己的销售模式出了问题。

问题在哪里呢?

他冥思苦想,终于找到了原因——

他发现,越是在高档的小区,住户的戒备心理就越高。这些总是心存戒备的高端住户很难有耐心听他长篇大论的推销演讲,撒的网虽然很大,但基本上完全没有切中要害,每家每户都是蜻蜓点水,难以在小区内产生市场效应。

"与其想要全部拿下不如逐个击破,然后由一点带动全面!"

陆东最终决定先选择一部分客户作为首批阳台蔬菜种植的对象,如果这批对象获得成功,那么很可能会带动整个小区的跟风。

次日,陆东敲开了第一家住户的门,这是一对老年夫妇,看样子应该是退休的教师或者干部。他们看见陆东,还未等他开口,便说了句"不需要",然后砰的一声关住房门。陆东碰了一鼻子灰,可他并没有气馁,又敲开了第二家房门。

这家住户也是老年人,这是路东之前已经调查过的,他曾看见一对老年夫妇走进这家。之所以选择老年人,陆东有他自己的考量:老年人已经退休,赋闲在家,有时间和能力种些花花草草。

这一次,老人没有给陆东难堪,还热情地将他请进屋,这让陆东颇为感动。陆东向对方说明来意,没想到老大爷对这个阳台蔬菜项目很是感兴趣,他认真地听了陆东的讲解,当即决定购进种植盆、盆架以及蔬菜种子若干。多日的努力总算有了初步成效,陆东很是开心。

从这家出来后,陆东的步伐轻盈很多。接着,他自信满满地敲了第三家住户的门,陆东看到猫眼里闪了闪人影,然后一个老太太的声音传出来:"你快走,我不买东西!再不走我就报警让警察抓你!"路东哭笑不得,只好无奈地走开了。

一个上午,陆东总共走访了十几家,有六家当场和陆东签订了订购合同,

第八章　多样人生

另外五家则是有这方面的意向，需要陆东再度跟进。

对于这五家还心存疑虑的客户，陆东觉得再找个恰当的时间给对方吃上定心丸，他针对他们的疑惑点一一制定出方案。比如一个住户问：会不会在签了合同交过钱之后，你们不管不问，蔬菜长不好或者长不出来，找你们你们推三阻四怎么办？

针对这种情况，陆东当即决定先让对方交付百分之五十的定金，等到他们满意再将余额付清，当然这些约束会出现在合同条款里。还有一些问题，但在陆东看来都不是问题，这些都是消费者普遍的心理，他们怕被骗。只有摸清消费者的心理才能紧紧抓住他们，陆东做到了，他的销售方式初见成效，剩余的五家住户在陆东的耐心攻势下逐一被拿下。以此类推，陆东在这个高档小区里一共发展了百分之二十的客户。这是一个很好的开端。

陆东正确地选择了用户群后，便将落脚点安扎在蔬菜批发市场里。他发现，通常买菜的人都是一些上年纪的人，他又针对此年龄段制作了许多大红大绿、颜色喜庆的画册在蔬菜批发市场里面分发。果不其然，不少老年人对无公害阳台蔬菜很感兴趣，他们本来就事不多，而且喜欢聊天和热闹，所以更愿意停下来听陆东对他们讲解这些能够发挥自己余热的事情。结果，在蔬菜批发市场里，陆东发展的客户是小区里的三倍之多。

有了这方面的经验，陆东接下来的工作更加顺利，他甚至向公司提出自己的见解并得到许可——免费用公司车辆拉着客户去蔬菜种植基地参观，甚至拉着那些潜在的客户去蔬菜基地游玩。这是销售模式的创新，即便这些潜在客户最终不能成为真正的客户，可正是他们对无公害蔬菜的了解提升了公司的知名度，无形中对公司起到了一个宣传作用，从而拉动了公司的效益。短短半年时间，陆东跑坏了五双鞋，体重减轻了二十斤，而他也收获颇丰，不仅收入增加，工作岗位也由原来的推销员升为项目推广经理。陆东似乎一下子找到了自己生活的乐趣，他利用公司蔬菜种植项目得到省政府支持的便利，申请做开心农场新项目。也就是说他们可以发展另外一类客户，将腾讯

人生四季
◎ 就业季 ◎

曾经推出的网上开心农场搬到现实生活里，这类客户可以租下一定面积的土地进行蔬菜的种植，到丰收的时候，客户们既能体会到劳动的快乐，又能吃到自己种的真正的无公害蔬菜。如果客户工作比较忙，他们也可以将租的土地授权给公司种植，每到一个约定时间，公司便将这些新鲜蔬菜用物流的方式送到他们手中。让陆东没想到的是开心农场一经推出竟然大受欢迎，尤其是得到年轻人的喜爱。也正因为陆东这两次的创新给公司带来了质的飞跃，而陆东的职务也再度获得提拔，他一跃成为公司的副总。

然而，就在陆东卯足劲儿，准备在这个行业大干一场的时候，意想不到的事情发生了。

父亲打来电话，说母亲病重，要他回家。陆东一听吓了一跳，立即请假回家。

回到家，陆东发现，事情比想象的要复杂。母亲中风，躺在床上无法行动。她身体略胖，对于体重不足一百二十斤的父亲来说，照顾起来十分吃力，自己又是唯一的孩子，所以父亲才给他打电话。陆东清楚，不到万不得已，父亲是不会打电话让他回来的。

看着床上躺着的母亲，思来想去，陆东决定向公司提出辞职。这几年陆东曾经数次辞职，可他从来没像这一次这般不舍，毕竟他在这个公司处于上升期，他有太多的舍不得。但现实就是这般无情，他不想为了挣钱而品尝子欲孝而亲不待的悲痛，所以，即便公司领导极力挽留，陆东还是离开了公司，因为他不知道自己要照顾母亲多久。

在家照顾母亲期间，陆东不忘学习，他又重新拾起了食品方面的专业知识。陆东大学时学的是食品加工技术专业，因为太想挣钱，他没有从事与自己专业相关的工作而做起了销售。可现在，他要考虑很多，他要为自己以后打算，为万一母亲一直无法行走，自己又不得不待在她的身边照顾她时能在村里做点儿什么而打算。而食品行业应是首选，陆东想在村里开办一个食品加工厂，毕竟在村里开办食品加工厂无论是人工费用还是耗材都相对来说很

第八章 多样人生

低。

在精心照顾了半年后，母亲病情渐渐好转，于是他再次离开了家。这一次，他开始认真回味自己走过的这么多年：他努力赚钱，最主要的原因是给身体状况不佳的母亲看病，他报考食品加工技术专业是因为他真心喜欢这个行业，毕业后虽然阴差阳错地从事了其他行业，可他一直没放弃对所学专业的热爱。

离家前，母亲感慨地对他说："当妈的没别的愿望，就是希望你平平安安的，别啥事都惦记着我，只要平时想起来打个电话就行了。咱家不是百万富翁，可也不是穷得吃不上饭，这样的日子过着挺好，你就安安心心在外面打工挣钱吧！"

母亲的话让陆东心宽了许多，他决定放开手，去做自己喜欢的食品行业。

经过一番查找，陆东找了一家不算知名的食品加工企业，原因是这家企业十分重视产品质量和销售，有很大的发展潜力。可他们对销售员的要求也是十分严格，条件之一便是必须要有相关工作经验。虽然陆东大学里学的是食品加工，但是他毕业后并没有接触到与之相关的工作。陆东想了想决定先从车间工人做起，待全面了解这个公司之后再转岗，相信会更有说服力。一旦决定，陆东便会付诸行动，这是他的优点——从不犹犹豫豫拖泥带水。他很容易获得了车间工人这个岗位，好在陆东在家干过农活，身上有一股子蛮劲，在搬运和挪动半成品时毫不费力。

陆东在车间表现得勤勤恳恳，深受同事和车间主任的喜爱。他年轻脑子灵活，在他的带动下，原本沉闷的车间反倒成了欢乐的海洋，大家的工作积极性也有所提高。而陆东在车间经过一段时间的观察发现并指出了一些需要修正的问题，再度得到领导的嘉奖。眼看着在车间已经工作了大半年的时间，陆东也和营销部很多同事混得很熟，一次公司举行的聚会中，陆东先是委婉地向自己的直属领导表达想申请转岗销售部的想法。直属领导似乎并不奇怪，他拍了拍陆东的肩膀，默许了他的请求。毕竟陆东是棵好苗子，做车间工人太可惜了。有了领导的支持，陆东又找机会和营销部负责人谈了一次，营销部主管很乐意接收陆东。既然双方领导都没意见，陆东只需填写一张转岗申请表即可。就这样，陆东正式成为该食品加工企业的一名营销员。这家食品加工企业主营肉制品的加工制作，比如冷鲜肉和火腿肠，这类速冻速食的产品需要严格的质量把关，稍有不慎便会砸了自己的牌子。陆东开始进入营销部，很多东西需要从头学起，所以他并没有像其他营销员一样外出跑市场，而是跟着营销部主管负责一些简单的事务，比如整理文件，辅助主管和其他经销商谈判、签订合同等，这些事情看似和销售沾不上边，却为陆东以后的晋升打下了基础。

陆东在基层岗位上做了一个月的时间，终于被派往前线发展客户。陆东所负责的城市被另外一家肉类企业（简称N）的产品所占据，据说这家肉类企业的产品占同类产品市场份额的百分之五十以上。而陆东所要做的是在规定时间内将自己企业的肉类产品布满各大商场，这对于陆东来说是个巨大的挑战。是挑战也是机遇，陆东首先在该城市做了市场调查，他发现N企业的产品之所以受大家的欢迎，很大一部分原因是知名度也就是品牌效应，而陆东若想从中分很多杯羹最好的办法当然也是品牌效应，只要公司出名，旗下的任何产品都不愁卖。可品牌效应不是短时间内造就的，它需要金钱、时间、客户的满意度来累加而形成，显然陆东公司的产品在这个城市并不被很多人熟知，所以陆东只有在广告和价格优势方面取胜。

陆东首先向公司申请了一笔广告费用，费用不高，主要用在城市交通工具上，比如公交车、公交站牌等。然后陆东进入各大商场和分管采购的负责人洽谈业务，他通过计算，给自己企业的产品定了一个合理的价位，以各种促销的形式鼓励居民购买，甚至将冷藏车开到小区门口。为了企业产品销售能在短时间内获得较明显的提升，他几乎住在了各大商场，每天他都要在销售点附近转上一圈，不断寻找需要改进的地方，甚至在柜台旁放着纸和笔收集顾客的意见和建议。虽然收集到的有用的信息很少，却最大程度地表达了

陆东和娇妻

企业的诚意。这一举动成为顾客相互谈论的话题，也在一定程度上为企业做着宣传。辛苦总会有收获，陆东的付出也得到了回报，他提前并超额完成企业指派的任务，职位也随之升为销售主管。一年之后，陆东凭借努力再创佳绩，将企业产品所占市场比例进一步扩大。

陆东年底的时候受到董事长的亲自嘉奖，并提升担任华东地区营销经理一职。陆东站在营销经理这个平台上，能发挥的空间更大，他再度创新，在公司打开知名度后，以公司的名义率先开了一家以本企业为名的专营店。最开始时仅销售公司的肉制品，这样一来，公司便不再经受因入驻商场而不得不接受很多苛刻条件的麻烦。这家店是一家试营店，没想到收到的效果还不错，很多顾客专门去店里买企业的冷鲜肉，而店内依然放着意见簿，陆东认为多听取顾客的意见有助于更好地为其服务。

陆东养成了每周翻看一次意见簿的习惯。有一次，他看到一位顾客写着"希望专营店里有贵公司的米和面，这样一来我便不必再去其他地方买了"。虽然这条意见或许是顾客随手写的，却对陆东产生了极大的触动，他经过思考向公司总部建议，可以在专营店里增加一些粮油米面和面条之类的干货，这些新增的产品可以由公司统一采购，也可以由旗下子公司制作。而这条建议经过公司商讨终被采纳。实践证明，这项措施确实为公司增加了不少盈利，公司看到成立直营店的方法可行，便在各个城市进行推广。推广的效果很好，而公司也因这项举措在全国知名度大涨，再加上公司在黄金时间投入了广告，陆东所在的公司竟一跃成为行业老大，而陆东本人也被提名为营销总监的候选人。不过，陆东拒绝了，他深知自己还年轻，还需要再锻炼几年才能胜任总监的位置，若现在担任该职位恐怕还是有人不服气，因为他大学所学专业并不是市场营销。

陆东利用空余时间报了市场营销培训班，他需要接受正规的培训。在培训期间，陆东发现自己工作中所总结的那点东西与正在学习的营销知识相比简直是九牛一毛，培训课上他是最认真听讲的那个学生，而另外一位认真学

第八章　多样人生

习的学生引起了他的注意，这个人正是陆东现在的女友晓霞。晓霞也从事销售行业，相同的职业和兴趣爱好让两颗心越走越近。陆东告诉笔者，他们准备近期结婚，到时候希望我前来参加婚宴，我当即开心地应诺。

　　采访到这里，差不多已经接近尾声。眼前的陆东荣辱不惊，眼神中透着一股淡然。笔者不禁感慨他这一路走来的辛苦和多彩，这里面有命运的捉弄，也有好运的眷顾，但支持他的一定是一种不屈不挠的信念——或者说是压力。虽然陆东在讲述时口吻平淡，仿佛是在说别人的事，可笔者仍在他的脸上看到一种自信。陆东应该自信，他有资格自信。

　　陆东说，他不想一辈子给别人打工，他想拥有自己的食品加工厂，自己当掌舵人，而现在，他正一步步在实现自己的梦想。

　　笔者祝愿陆东以及和陆东一样正在朝自己梦想努力的人一帆风顺。我很清楚，中国能成为让世界瞩目的国家，离不开这些任劳任怨、永不言弃的青年人的努力，如果没有他们，现在的中国不可能成为全球第二大经济体。无论他们努力的动机是什么，无论他们的目标是金钱、住房还是虚无缥缈的"幸福"，对于这个国家来说，他们都是值得尊敬的，他们的历史功绩不可抹杀。

摄影：沈安泉

第九章　蚁族：我们弱小，但我们坚强！

当笔者一一采访完十几个具有不同经历的大学毕业生后，忽然陷入了写作瓶颈，不知接下来该将笔触放在哪里。而一次和在武汉上班的朋友黄涛（化名）聊天，他无意中的一句牢骚话却提醒了我——

"晚上下了班，我们七八个人挤在一个小盒子里，又热又闷，想换地方住，可是又都太贵了！每个月就挣个三千块钱，总不能都扔到房租上吧！"

于是，我决定将接下来的注意力放在大学毕业生的住宿环境上。

在中国，很多大学毕业生因为各种因素（如工资待遇低、住房租金高）的限制，只能租住环境恶劣、面积狭小的住房，而且呈现成群拥挤、密集分布的势态。但他们选择了任劳任怨，接受现实。拥有让人羡慕的高学历，却工作在最恶劣的工作环境中，尽管如此，仍然坚定不移地奔跑在他们的生活道路上……如此种种，像极了随处可见的、最不起眼的昆虫——蚂蚁。所以，有媒体称之为"蚁族"。

显而易见，我的这位朋友，就是一位蚁族。

我决定去看看。

或者更为恰当的说法是：我想去"回顾"。

因为，曾几何时，我也是一名蚁族。

2011年毕业后，我决定留在武汉工作。大四刚一开学我就在汉口一家设计公司做起了兼职，因为当时住在学校，可以节省一笔不小的住宿费。尽管

人生四季
◎ 就业季 ◎

距离比较远（学校在武昌），坐公交车要一个多小时，但我还是坚持每天乘公交往返于学校和公司。

很快，我的大学生涯就结束了，学校发布了离校通知，而我早就已经开始在公司附近找房子。

当然，对于刚毕业的我来说，寻找新住处的首要条件是便宜。

所幸，公司附近有一个城中村，是一个由色调昏黑的陈旧居民楼组成的小区，有大量可供出租的房间。我在网上发布了租房信息，虽然注明了中介勿扰，可我接到的几个电话还是全部来自中介机构。于是我决定请一天假亲自去这个城中村看看，因为我听人说那里的胡同里一般都贴有很多房屋租赁信息。

虽然这个城中村离公司很近，但我踏足这里还是第一次。我一进去就发现，这是个与外面那些整齐高大的写字楼截然不同的地方，以至于我在第一时间就想到了三个词语——

首先是"昏暗"，然后是"潮湿"，最后是"脏乱"。

一想到今后我就在这里生活，不免有些犯难，但转念又想了想自己每月两千五百元的工资，还是决定咬咬牙坚持下去。

在胡同里走了大约三分钟，我的眼睛才逐渐适应了昏暗的环境。我尽量进行轻浅的呼吸，因为黏滞的空气中弥漫着一种由各种生活垃圾发酵出来的刺鼻气味。身边不时走过一两个和我年纪相仿的男男女女，来不及看清他们的面孔……我转了转，然后在一个电线杆上看到了一张租房信息：三楼，单间，二十平米，家具只有一张床，无卫生间。

当然，我最关注的还是租金：押一付三，每个月七百元。

我行李不多，只有一床被子、几件衣服和一台笔记本电脑，二十平米对我一个人来说足够了，整体感觉还可以，于是我打了上面留的电话。

接电话的是个上了年纪的女人，听说我要租房，马上说："我立刻过去开门给你看看房间。"

等了大约十分钟，一位大约五十岁的女人骑着电动车出现了。看到我，

第九章 蚁族：我们弱小，但我们坚强！

问："刚才打电话租房的是你？"

我点点头。

这位阿姨拔下车钥匙，给电车上了锁，拿下电车上的挎包，冲我说："走，我带你上去看看。"

上楼的过程中，我从房东阿姨口中得知，这栋楼上的原住户基本上全都搬出去了，现在住着的都是房客，而且都是年轻人。

到了三楼，她打开了房间，我进去一看，脑子里立刻蹦出来一个成语：家徒四壁。真的是除了一张单人床，再无一物，干干净净的倒是清爽简洁。

我看了看墙上的电源插口，问："没电灯吗？"

房东阿姨说："有一个落地灯，现在放在我屋里，你可以拿来用——插上就能用。放在这里不安全，我怕被别个摸走了。"

我点点头，本想砍砍价，但一想七百块每月我还能接受，而且看着房东阿姨也不像能轻易砍下价来的人，就作罢了。签了合同，交了钱，拿到钥匙，我就算是住进来了。

这个房间虽然简陋，但住进来久了，慢慢也就习惯了——除了空间小一点儿，住的人少一点儿，其他的和我在学校的宿舍没有太大区别。即便有一点儿小问题，也是可以克服的，比如，这里治安条件比较差。

来看房那天，我就感觉这里氛围怪怪的，似乎遇到的每个人都心存戒备，神情紧张。刚住了一个月我就发现这里常发生盗窃案件，每隔十天半个月就有人丢东西，经常可以见到警察在这里进进出出……为此，我选择把自己唯一的贵重财物笔记本电脑，时刻带在身边，所以，即便是有一次我下班回家忽然发现房门虚掩，我也并未惊慌失措。因为除了一张床、一床被褥和一台笨重的落地灯，我的房间里什么都没有。果然它们也都完好地在那里，没有失踪。

但最终，我还是被一个难以控制的因素给打败了。

潮湿。

人生四季
◎ 就业季 ◎

　　这个城中村规划十分不合理，建筑间隙很小，而且即便是已经非常狭窄的过道里也堆满了各种杂物和垃圾，和那种电视中经常见的上海老弄堂如出一辙。每一层楼房的窗外都挂着水淋淋的衣服和床单被褥，壁垒森严，就像是一座密不透风的城堡。在武汉出名的阴雨潮湿天气的浸润下，这个城中村发霉、变质，似乎每一处都有可能滋生疾病。

　　在这种环境下，我患上了可恶的皮肤病，过敏严重，全身长出一种刺痒难耐的小红点。上班的时候就像有很多蚂蚁在身上爬来爬去，既恐怖又恶心，晚上休息时又总是被搅得彻夜不眠，以至于白天工作中无精打采，相当痛苦。

　　经过一段时间的治疗，加上偶尔出现的好天气的作用，皮肤病暂时得以遏制，生活和工作才得以恢复正常。可是想不到的是，我刚松一口气，以为万事大吉了，却发现事情远没有那么简单。

　　用药一段时间后，症状会消失，可停药之后，只要天气一变坏，皮肤病就会复发，让我继续陷入和皮肤病做斗争的艰苦岁月……

　　当然，那时候对我影响最大的还是工作，因为全身上下刺痒难耐，我常常无法安心工作。因为休息不好，所以脾气也变得特别坏，经常和公司领导、同事朋友发生摩擦。工作状态相当糟糕。

　　这段经历简直就是我的噩梦，至今回想起来，仍让我心有余悸，而且对那个仅仅居住了四个月的地下水牢一样的城中村心存芥蒂。

　　因为有这样的经历，所以现在我能对蚁族群体感同身受，而现在我唯一能做的，就是把他们的生存现状如实地记录下来。我给黄涛发信息，称：我要去参观一下你的"小盒子"，我要考察一下你的居住环境，作为我的写作素材。

火灾、盗窃和叫床

　　我到达武汉时，正是天气最热的时节，早已领略过武汉高温的我刚一下

第九章 蚁族：我们弱小，但我们坚强！

车，还是感到强烈的不适。从汉口站出来，我特地选择了经过那座让我刻骨铭心的城中村的公交线路，可到达目的地时，映入眼帘的却是一大片崭新的楼房——城中村已经被拆除，所有住在这里的男男女女都已经不知去向。

没了那样破旧而毫无人性化可言的建筑，我心里多少有了一丝快感，可转念一想，我又可以想象到那些居住在这里的人被通知离开后另寻住处的窘迫，不由得百感交集。

这时，黄涛打来电话，问我是否已经下车。在得到肯定答案后，他让我去他的住处，为了欢迎我的到来，他已经给公司请了假，专门陪我。我不禁有些小感动。

按照他发给我的地址，我很快就找到他的住处。

不出所料，这里也是一个城中村，从外观上看，和我之前住过的那一个几乎一模一样，给我的第一感觉同样是昏暗、潮湿和脏乱。黄涛从楼上下来，见到我，很高兴，笑嘻嘻地问："怎么样，这里感觉如何？"

我笑了笑："感觉就像是自己回家了！——别忘了，我也在这种充满市井味道的贫民窟坚持过好长时间呢！"

黄涛的房间在五楼，爬楼的时候，闻到那久违的奇怪味道，我竟然有些想念以前的蜗居时光……我们爬到三楼的时候，有两个男生搬着大大的行李箱和包裹小心翼翼地下来，看样子是要离开这里。

到了五楼，黄涛打开污迹斑驳的房门，首先映入我眼帘的是一张大床，床上是凌乱的被褥和衣物。这个房间不过八九平米，却被这张床占去了一大半，只剩下一个不到一米的狭窄过道通向里屋。黄涛继续带着我向里走，里面这一间面积和外面那间差不多，两张单人床紧紧靠在一起，因为高度不一样，其中一个下面还垫着砖头。房间一角有个水管，下面歪七扭八地放着脸盆和水桶，旁边是两个暖水瓶，里面都插着一个"热得快"电加热器，地上有一大片水迹。

"看吧，我就住在这里！这么大一点儿地方足足住了六个人！"黄涛说。

169

人生四季
◎就业季◎

"你们都是同事吗？"我关心的是他们是不是都在一起上班。

黄涛摇头："其实我们几个一开始都不认识，不过现在都认识了，有两个是做物流的，两个做销售的，一个在建材公司上班，还有我，苦哈哈地做着平面设计。"

"挺好的……"我不知道应该说什么，竟然冷不丁地蹦出这么一句。黄涛听了苦笑一下。

坐了一天火车我也累了，于是向黄涛提出想休息一会儿，补个觉。黄涛指了指自己的床铺，说："你在这里睡就行，要是不舒服睡旁边的也行，他们人都很好，不会在意的。"

我点点头，脱下鞋子，倒头就睡。

下午3点多钟，我被黄涛叫醒了。他的笔记本电脑开着，画面显示着他正在玩游戏，睡眼惺忪中，我听他说："还没睡够？快洗洗，咱们下去吃个饭，我快饿死了！"原来他一直在玩游戏，竟然还没吃午饭！我伸伸懒腰，下了床，在水管里接了一盆水，然后洗漱。

吃饭的时候，黄涛问我晚上住在哪里。我想了想，说："随便找个旅馆住下就可以。"黄涛先是点点头，然后忽然又说："我们宿舍有个家伙出差了，前天就没在宿舍住了，你可以睡他的床位，而且晚上我们还可以聊聊天。"

我一想，这样一来，我就可以更加近距离地体会或者说"重温"他们的生活了，于是答应了。

吃过饭，我们边走边聊，然后找了一家网吧进去上网。一直玩到8点多，我们饿了，才从里面出来，在路边吃了一碗久违的热干面，然后买了点儿薯条、饮料之类的零食，回到了他的宿舍。

他的四名舍友已经回来了，黄涛给他们做了介绍，因为是同龄人，所以很容易就熟络了。我把零食扔给他们吃，然后大家坐下来一起吃东西聊天。

和黄涛住在一起的两个人，分别是小李和小聂，住在外间的两个是小郭和小刘。小刘年纪最长，1987年生人，其他几个人（包括不在场的那位）都

第九章 蚁族：我们弱小，但我们坚强！

是 90 后，其中小郭是应届毕业生。听黄涛介绍我说是个作家，而且正在做一个关于大学毕业生就业和生存现状的调查，于是四个人似乎一个个地肃然起敬的样子，这让我有些不好意思。

小李和小郭比较开朗，十分健谈，而小聂和小刘比较内向，有些拘谨，所以面对我的询问，小聂和小刘基本上只是笑笑，并不发言。而小李和小郭则总是争抢着发言，并且妙语连珠，一个调侃，一个吐槽，总能逗得我们哈哈大笑。即便是说起他们以前住宿条件的恶劣状况，也要进行一番十分搞笑的自嘲，甚至是进行夸张而生动的表演，让我捧腹不已。

比如，小李讲起他曾经住过一个集体宿舍，因为管理不当，竟然发生火灾。当时是深夜，他被一声尖叫惊醒，发现浓烟滚滚，惊慌失措的人们都在逃命。他拔腿就往外跑，可是跑了没几步才发觉高度近视的他竟然没戴眼镜！但回去拿又不太现实，因为他忘记自己的眼镜随手丢在哪里了，于是硬着头皮跟着人群跑。结果因为看不清路，跑得又匆忙，竟然一下子撞到了墙上。等逃出去后才发现鼻子流血了，已经染红了他胸前的 T 恤……但消防队来了之后他们才发现，火势并没有他们想象的那么大，可能是有人扔掉了尚未熄灭的烟头，引燃了公共垃圾桶里面的生活垃圾。

不知不觉中，住在这栋楼的人回来的越来越多，声音也渐渐嘈杂起来，开门声、关门声、洗漱声、说笑声、吵架声以及综艺节目和电视剧的声音交杂在一起，俨然是一曲谱写生活酸甜苦辣的交响乐。细细品味，想起自己也曾身临其境，不由动容。

十一点左右，我们几个人依次洗漱完毕，然后关灯躺下了。

黑暗中，小郭也跟我讲起他的一段糟糕的经历。因为是应届毕业生，经验不足，刚来这里时，把自己的笔记本电脑扔床上就去上班。下班回来后却看见楼下停着两辆警车，一问才知道，整栋大楼都被盗了，有十几个人丢了手机、电脑等贵重物品。他急忙跑到宿舍，结果宿舍门大开着，锁子都被撬掉了……那台电脑是刚上大学时爸爸用自己一个月的工资给他买的，而且那

171

快递包裹堆积如山已成为常态

第九章　蚁族：我们弱小，但我们坚强！

也是第一台完全属于他的电脑，意义非常，可说是弥足珍贵。他因此而恨透了那些可恶的盗窃犯，每每提及，总要咬牙切齿。

小郭这样一说，另外几个人也纷纷表示自己也有过类似的经历。因为他们居住的环境治安条件都不太好，又或是因为经验不足，或是因为侥幸心理，结果让盗窃分子有机可乘，他们或是丢过手机，或是丢过电脑，无不教训惨痛。

而后我告诉他们，我也是一名曾遭到盗窃的蚁族，只是因为家徒四壁，才没有受到损失。他们听后，不由发笑。

聊到深夜，整栋楼已经安静下来，先前那些各式各样的声音不知什么时候已经渐渐消失了，我们几个人已经有了明显的困意，哈欠连连，说话的声音越来越小，越来越含糊不清……也不记得是谁说的最后一句话，大家就这样沉沉睡去了。

然后，我是被一阵怪异的声音惊醒的——是一种有节奏的轻微撞击声。

因为床头靠着墙壁，所以我能清晰地感觉到撞击是从隔壁发出的，继而，我隐约听到一种与撞击声截然不同的声音。

让我感到尴尬的是，那竟然是人的有节奏的喘息声。

我碰了碰身边的黄涛。没想到他也醒着，见我碰他，问我："你也醒了？"

我"嗯"了一声，然后问："这是——"

黄涛在黑暗中笑了笑，然后说："隔壁是一对夫妻，小青年儿，刚结婚没多久，这是经常的事，我们已经习惯了。"

没想到另一边的小李也醒着，他忽然开口兴奋地对我说："以前我住的那个地方，都是用木板隔开的，很薄的那种木板，用手摸都颤颤巍巍的，打嗝放屁都能听见。经常听到别人性生活的动静，有时候动静一大，我都害怕他们一不小心滚到我床上来！"

我俩一听，忍俊不禁，憋了好一会儿，我问他们："总是听这种动静，也挺尴尬的，最关键的是会打扰你们休息吧？"

黄涛说："确实挺烦人。有时候是相安无事的，可能大家都累了，一晚上没有任何动静；可有的时候呢，却像是商量好了似的，这边刚消停下来，那边又起来了！此起彼伏的，别提多烦人了！"

我又忍不住笑了，可细想想，发生这种情况，无论对这边的还是隔壁的，都是相当尴尬的。

声音渐渐小了下去。片刻，我听到隔壁开灯的声音，然后是慵懒的脚步声……

我打开手机看了看：凌晨1:40

最后一根稻草

全国数千座城市，每个城市都有大致类似的情况，只是相比而言，一线大城市的蚁族生存情况比二三线小城市的更糟糕。所以，蚁族不是个例，也不是孤证，不是仅仅存在于上海、北京、广州、武汉等这样的大城市的现象。蚁族们像寄居蟹一样蜗居，像蚂蚁一样聚居的情况，并非没有引起官方的注意，而官方也并非对此毫无举措。2013年，北京市住房和城乡建设委员会曾下发了一个通知，明令禁止房屋群租，明确要求出租房屋的人均居住面积不得低于五平方米，每个房间居住的人数不得超过两人（有法定赡养、抚养以及扶养义务关系的除外）。

《通知》还进一步提出明确要求：应以原规划设计为居住空间的房间为最小出租单位，不得任意改变房屋的内部结构以分割出租，以及不得按床位等方式变相分割出租，厨房、卫生间、阳台、储藏室等不得出租供人员居住。

很显然，通知下达的目的之一正是为了改善在京务工人员，尤其是蚁族生活状态的人的生存状况，维护他们的合法权益，改善他们的居住条件，保护他们的人身和财产安全。然而事实上，这个通知让很多在京务工人员倍受打击，使得他们遭受了一连串变动：不停地寻找新住处，物色价格上合适的租住房，搬家，因居住地和公司距离远而饱受折磨，甚至是考虑是否还要在

第九章　蚁族：我们弱小，但我们坚强！

北京待下去。

通知下达后，因为不想或者根本没有能力支付更高额的房租，蚁族们只能无奈地选择向远离市中心的地方迁移，并呈现大规模向城乡结合部蔓延的势态。新的居住地环境更为恶劣，很多地方如清华大学附近的水磨社区，甚至连饮水都不能保证。

笔者曾去过一个临时搭建的地下室集体宿舍，简直触目惊心。那里的空间本来就不大，又被用三合板隔成了一个个小单间。中国人的聪明才智在这里发挥体现得淋漓尽致，这么小的地方竟然也是五脏俱全，吃喝拉撒睡全能满足；只是所有的空间都极为狭小，与其说是住房，倒不如说是用来监禁犯人的牢房。而且与地上那些城中村相比，这个不见天日的地下室的安全系数更低，棉被衣物等易燃物和煤气灶、插座排等堆放在一起，虽然备有灭火器，可一旦发生煤气泄漏、电线短路或者乱扔烟头等情况，发生火灾的可能性还是极大。另外，地下室里面虽然温度不高也不低，而且一般都有空气窗，但大部分房间并没有安装窗户，因而非常潮湿，以至于木板被腐蚀，时刻都在散发着一种让人作呕的腐烂味道。

在笔者写下这些文字的不久前，在电视上看到这样一则让人震撼的新闻：山东青岛一地下室出租屋发生一桩悲剧，一名男子不知何种原因烧炭自杀。单间月房租四百元的地下室条件极差，基本上密不透风，男子点燃木炭后却牵连到隔壁年仅二十四岁的邻居，二人皆中毒身亡。可悲的是，那位二十四岁的男子刚刚得到转正，工作刚有起色，正跃跃欲试开始新生活，却不想天降横祸，命丧地下蜗居。

即便如此，这种条件的住房仍然供不应求。

于是，旨在解决问题的政策反而增加了问题的严重性，甚至衍生出许多新的问题，住房也因此成为压在很多"北漂"蚁族身上的最后一根稻草，很多人因为最终无处可住而选择离开拼搏奋斗了若干年的北京，回到家乡县城或者二三线城市去奋斗。

可是，仍然有一大批大学毕业生在苦苦坚持着，编织着他们的北京梦。

某大学教授曾带过一个研究课题组，研究对象就是让他们心生怜悯的蚁族。经过多年时间，他们对蚁族进行了三次大规模的采访和调查。第一次是2008年12月到2009年1月，第二次是2010年3月到10月，第三次是2013年1月到3月。然后于2013年发布了一些蚁族的研究报告，最后得出一个结论：蚁族这一群体正在发生着一些变化，比如学历层次越来越高，聚集类型增多，居京意愿逐渐减弱，经济状况逐渐改善等。

这几个变化与蚁族群体的形成和现状息息相关，笔者进一步解释一下这几个概念——

学历层次越来越高：蚁族中大学毕业生的人数越来越多，当然，这和大学教育越来越普及有关，也和大学毕业生在当下的生存状况不容乐观有关。

聚集类型增多：以前蚁族聚集的形式多为集体公寓或集体宿舍，但现在的聚集形式发生了很大变化，集体公寓和集体宿舍已经不能满足势如洪水的蚁族群体，很多城中村、地下室甚至亟待拆除的违规建筑都会成为蚁族聚居的场所。

居京意愿逐渐减弱：首都北京，中国的政治和文化中心，被广大网友戏称为"帝都"，曾是很多"北漂"心中的圣地，全国人民趋之若鹜。北京自身的吸引力也是蚁族形成的一个重要原因，这些在京蚁族无不希望自己能在北京拥有一套自己的住房，但研究调查得出的结论却显示，近几年，这种愿望显然越来越淡薄，人们已经不再将"成为北京人"作为自己宏伟的人生目标，很多人已经"悬崖勒马"，在现实和梦想的权衡之下，他们务实地选择离开北京。

北京，无论是文化、经济抑或是高楼，都让所有来此闯荡的人炫目，可是，在这个平均月房租超过三千元的国际大都市，蜗居陋室成为上百万外来务工者的唯一选择。清晨，他们迎着第一缕阳光走出昏暗潮湿的住房，成了这个繁华都市中的一员，和那些土生土长的"北京人儿"没有任何区别；夜

第九章 蚁族：我们弱小，但我们坚强！

晚，他们拖着疲惫的身躯钻进自己的巢穴，抖掉尘土与不快，继续做着自己的北京梦。

知名学者、"蚁族"概念的提出人廉思先生给"蚁族"下的新定义是：城市中的"在职贫困者"。之所以这样说，是因为这些人首先是代际性贫困："蚁族"大多都来自农村，从他们父母的学历来看，父亲多数为初中学历，母亲多数为文盲，职业绝大多数为务农。因此，拥有高学历并且可以找到工作的"蚁族"很难从他们的家庭中获得经济和资源的支持，和社会中的60后、70后等社会中坚力量相比，明显是"贫困交加"的，是处于劣势地位的。

写到这里，笔者不由十分感慨，曾几何时，80后这一代人曾是连西方人都要在媒体上大肆宣扬的"小皇帝"，他们从小养尊处优，锦衣玉食，即便是比较贫困的家庭，也总是想尽一切办法为他提供优越的生活状态和物质条件……而如今，他们中的大多数却只能放下所有的尊严和骄傲，学会承担，学会回报，忍受许多在这个高速运转的商业经济社会中似乎已经不该存在的窘境。

然而，笔者需要指出一点：与许多人想象中不同的是，"蚁族"的收入并不低，据统计，在北京，蚁族群体的平均月收入已经超过四千元。对于这些拥有大学毕业证、学位证、专业技能证书以及实实在在的工作能力的蚁族们来说，他们最大的劣势不是自身的软件，而是他们所在的城市，或者说是这个社会为他们提供的客观居住环境过于恶劣，这对他们的身体和精神以及人生信念都是一种摧残。

而且，蚁族群体中还有一个不容忽视的问题。因年龄的逐渐增长，即便是这个群体中年龄较小的90后也开始面临组建家庭的重大问题，可是因为买不起房，而且正处于整个人生中承前启后的重要分化阶段，他们不想也没有能力买房结婚。所以无奈的他们只能一再延迟结婚和生育，无疑，这对传统观念深厚的他们的父母长辈来说，是莫大的煎熬。可大多数家庭早在供孩子读书时就几乎倾尽所有，所以面对这种困境也只能是无能为力。

人生四季
◎ 就业季 ◎

　　学者廉思经过多年研究指出，住房问题正在逐渐代替职业问题成为社会分化甚至社会固化的重要因素。调查中发现，蚁族对住房的要求不外乎两点：降低租金，调控房价。前者是针对租住廉租房，后者是针对购买低价房。"便宜"而非"舒适"成为这类人群最大的需求，这多少有些让人感到心酸和纠结。

　　提及蚁族，首都师范大学心理学系副教授汪玲女士更习惯用"北漂"定义在北京的这些年轻人。曾几何时，"北漂"一词也确实承载了许多宏伟的蓝图和伟大的理想，但更多是赤裸裸的无情的现实。她在接受某报纸采访时表示："留在北京并不是唯一的出路，自己能有一个明确的规划才是最重要的……留在北京与否应该取决于你对自己未来的职业规划，一线城市有利有弊，它能提供给我们良好的文化氛围，紧张有序的生活节奏，同时也会相应提高生活压力，因此，不管是去二三线城市还是留在北京这样的一线城市，首先应该取决于自己的理性思考和清晰判断。"

　　汪玲教授还表示，她带的研究生很多在毕业后都选择了去二三线城市工作，而且发展现状很不错。

　　北上广、深圳、武汉、成都、沈阳等大城市中所谓的"机会"固然多，但拥有高学历、社会背景以及资源的人也多，除非拥有社会市场所急需的技能，否则大学毕业生很难在这些城市中占据优势地位。可是在很多二三线城市，他们一下子就成为了"香饽饽"，获得了更大的市场和发展空间。回二三线城市发展不仅对个人发展有利，也更有利于人才、技术、经济之间的流动，满足二三线城市发展。长远地看，对中国经济和文化的均衡发展都是极为有利的。

　　请记住：一座城市，不能成全所有的人。

第九章　蚁族：我们弱小，但我们坚强！

一座大房子

经常能在微信朋友圈以及其他途径看到大量励志和成功学的所谓"鸡汤文"，我很清楚，大量出现这种文章的主要原因是中国的年轻人需要某种方式的鼓励和指导——他们严重缺乏自信，甚至整个人生都缺乏方向感。

可事实上，在蚁族面前讲一大堆励志故事、谈一箩筐成功之道，并没有多少实际意义。这些东西和黄金档的肥皂剧一样，不过是一点点暂时的精神慰藉，没有人比他们更理解"成功"二字的含义。

同样，在蚁族面前剖析高等教育乃至于整个中国教育的弊端，指责房价飙升，感慨工作难找，嗟叹世事艰难……也显得有些虚伪甚至是伪善，因为，他们正是这所有一切的目击者、经历者以及受害者。

笔者想说的是：你我皆有自己的人生，只是不尽相同。

成长环境、家庭条件、教育背景、个人资质、理想追求、人生经历……这些因素在很大程度上决定了一个人的走向乃至于在这个社会上的定位。如果乐观地从这个角度考虑问题，那么"蚁族"并非是一个无助和盲目的群体，他们只是在现实与理想、得到与失去、向左与向右中进行考量和权衡，从而做出对他们自身来说最不坏的选择。在我看来，这也是社会竞争机制的一种健康状态，在智力均等的前提下，做出正确抉择的人当然更容易获得成功。

令人稍感欣慰的是，虽然目前这群人的工作并非十分稳定，生活条件也不太优越，社会地位基本处于底层，但他们的未来还是能看到很多机会和可能——尤其是在这样一个高速发展的正处于科技革命的时代中。对于很多来自于农村的蚁族来说，如果他们放弃自己的工作，选择返回农村或者乡镇，那么也许他们此生此世就只能成为这个充满变革的时代的旁观者。想要获得更多的财富，就必须将自己置身于奔流激荡的社会环境之中，这是商业社会最基本的生存逻辑。显然，大部分蚁族很明白这个道理，他们从来就没有想过放弃。

"家乡太小,放不下我的理想!"这句话想必道出了大部分"蚁族"的心声。

在经济快速发展和社会转型大背景下产生的"蚁族"现象,关涉地域差异、高等教育、大学毕业生就业、房价等诸多社会问题,而一个城市怎样对待外来人员,既能够体现这个城市的人文情怀、开阔胸襟和深厚底蕴,同时也是这座城市发展的一个重要保障。城市管理者应当急人所急、想人所想,真正关心这群为城市建设付出自己青春、智慧和辛勤劳动的青年人,设法让他们住上相对低廉、卫生、安全的住房,而不是下达一些看似能缓解问题其实于事无补甚至让他们雪上加霜的官样文件。

在这方面,中国显然没有西方一些国家做得好,比如法国和德国。

为满足低收入群体的住房需求,法国政府大力推动社会保障性住房的建设和供给,其中代表便是"廉租房"。所谓廉租房,是法国政府通过立法为低收入者提供的一种低租金住房,由法国政府补贴的专供建造并出租,用以安排那些收入在规定水平以下、无力依靠自己的经济能力租住适当住房的公民,具有社会救济的性质。因为法国政府高度重视,他们所聘请的建筑设计师均为世界一流水平,比如在世界建筑设计界大名鼎鼎的让·努维尔,因而在外形优美的前提下最大限度保证了居住的舒适度,广受欢迎和好评。目前,以廉租房为代表的保障性住房已成为法国社会的稳定器,在法国,每1000人就拥有69.2套福利性住房,目前约有1000万人租住在廉租房内。

在与法国毗邻的德国,同样有这样优秀的实例。德国富格区是德意志著名的富格家族于16世纪捐赠给奥格斯堡市贫困市民的居住区,当年,这里一套住房的年租金是1莱茵盾(当时由奥匈帝国发行的货币,约相当现在的0.88欧元,折合人民币约6.3元)以及每天三次为富格家族所做的祈祷。很显然,这基本上就是完全的福利行为。如今,在富格区,廉租房完全可以套用一句话形容:"低廉"的绝对只是价格!这里绿树成行,建有喷泉,环境

第九章 蚁族：我们弱小，但我们坚强！

优美，空气清新，街道干净整洁，二层小楼整齐排列，每套房子都有一个单独通向大门的入口。这个设计的理念是：即便是穷人，也有权利保护自己的隐私，而不是因为贫困就可以受到随意干扰……再加上高水准的医疗条件和护理，这里简直就是穷人的天堂。

当然，对这些蚁族来说，更为严峻的一个问题是在很多城市中存在的地区歧视和不平等的就业环境。生活条件差一些，工资收入低一些，这些困难都不足以让蚁族退缩，可是如果一个城市存在严重的就业歧视，动辄对外来人员恶意抬高就业门槛，将轻而易举地击败他们的信心和心理防线，使他们成为无依无靠的城市弃儿。

当然，在关注蚁族这一群体时，社会各界需要明白的是：蚁族不需要同情，他们只需要同理心；蚁族不需要异样的关注，他们只需要平等地对待。

当我写下这些文字并发给远在武汉的黄涛后，我得到这样的回复：

"真希望有一天我能住上一座大房子。"

本章的最后，我要把这首歌送给读者：

> 什么地方是我们天堂，
> 什么地方是我们梦想，
> 什么地方是我们的希望，
> 什么地方让我们飞翔；
> 什么地方有我们家乡，
> 什么地方有我们梦想，
> 什么地方有我们希望，
> 什么地方让我们疯狂。
> 我们虽然没有什么，
> 可是我们依然有坚强；
> 我们虽然没有什么，

人生四季
◎就业季◎

可是我们依然还在幻想；
我们虽然没有什么，
可是我们依然有力量。
……

第十章　科技革命与新时代

18世纪，很多工人被蒸汽机取代；19世纪和20世纪，很多工人被汽油机取代；而21世纪，越来越多的工人会被人工智能取代。科技给人带来便利和社会的进步，同时也成为人类的竞争者，一部分人甚至大部分人的失业则成为必然。很多密集型工种将会消失，这是必然。

小东西改变大世界

不得不说的是，笔者在进行大学生就业以及生存现状这一主题的写作之前，已经深刻地体会到世界正处于一个巨大的变革之中，而这个变革是属于全人类的，中国不可避免地会卷入这场变革中。笔者将在最后一章具体阐述这场已经悄然来袭的巨大变革，因为，它与正处在人生十字路口的80后、90后大学毕业生们息息相关。

在人类文明史上，有一种奇特的现象，那就是：某个看似无足轻重的小东西的出现，却能像投入湖水中的石子一样，引起阵阵涟漪，并引发剧烈的震动，最终改变世界的历史进程。为了尽可能让读者体会到这种变化，我将举出几个生动的例子，以供参考。

首先我要说的是弓箭。

弓箭具体出现在什么时期已经不可考，但据考古学家证实，早在三万年前的旧石器时代就已经有了弓箭。弓箭的构成现在看来非常简单，不外乎就是弓身、弓弦和箭，但对于旧石器时代的人来说，这无疑是一个复杂而伟大的发明。

那么，弓箭最大的优势是什么呢？

旧石器时代，人们大都过着游猎生活，在山川河泽中狩猎是他们最主要的生存方式，而他们最常用的武器就是由树木和尖利的石头制作的长矛。与更为早期的木棒相比，长矛无疑有许多优势：首先是锋利，然后是长度优势。然而，即便如此，在面对很多大型野生动物的时候，长矛仍然显得不够强大，以至于常常发生猎人被野兽伤害甚至咬死的事件。在日渐发达的智力和长期积累的经验双重作用下，人类最终发明了弓箭：一根有韧性的木头，以一条动物筋索拉弯，然后配上一支装有尖骨或者石镞的箭支。这种新型武器的最大优势是可以远距离发起进攻，从而避免了近身搏斗带来的风险，在提高狩猎成功率的同时又降低了猎人的伤亡率，可谓是"一箭双雕"。

弓箭的优势使得人们的狩猎开始出现富余，猎人们打到的猎物逐渐超过了他们果腹所需要的数量。对于那些吃不了的猎物，他们不能随便杀死，因为容易腐败变质，又舍不得放掉，于是他们脑洞大开，选择既不杀死也不放掉，而是将那些尚未死亡的动物进行圈养；当繁殖的数量逐渐增多，所圈养的动物渐成规模，于是就出现了早期的畜牧业；畜牧业的出现，要求人们定居下来，于是跋山涉水到处游猎的生活状态得以终止，人们开始建造房屋、村寨和城镇，并最终导致城市的出现……人类文明进入成熟期。

当然，这只是弓箭带给人类文明的"第一波"影响，在其后的数千年乃至上万年历史中，弓箭一直都是人类最主要的武器之一，而且时时刻刻影响着人类前进的步伐，改变着世界的政治格局。匈奴、柔然、突厥、蒙古等游牧民族用弓箭让中原王朝应接不暇，游牧民族叫板农耕民族的资本就是战马和弓箭；帕提亚人用弓箭在卡莱全歼罗马帝国四个军团，成功阻断了罗马帝国向西亚扩张的步伐；欧洲中世纪，英格兰和法兰西在百年战争中最精彩的

摄影:沈安泉

一战"阿金库尔战役",英国长弓手万箭齐发,大量射杀装备精良的法国骑士,以少胜多,大获全胜,进而影响了中世纪时期的欧洲局势……这些实例,无不深刻影响了当时当地的历史进程。

第二个例子是铁。

铁的出现带来的影响是世界性的,人类学家和社会学家可以用一大堆数据来证明铁对全世界的积极影响,但笔者只想表述一下这种金属对中国的巨大影响。

中国之所以是"统一"的,铁元素功不可没。

建立于公元前1046年的西周王朝是典型的"青铜时代",与青铜器一同成为这个时代的特色的严格意义上的封建制度。因为生产力低下,周天子并没有能力完全治理幅员辽阔的华夏世界,于是只好将天下委托给他的亲人、功臣和前朝遗民。这么一来,周王朝境内就形成了若干个国家,也就是诸侯国;而诸侯国也被划分为若干小的领地,称为采邑,其统治者称为大夫。与欧洲中世纪封建制度下的附庸关系一样——"我的附庸的附庸,不是我的附庸",周天子无权干涉诸侯国内的大夫,大夫也不用对周天子负责。

这是一个稳定而僵化的社会,井然有序而又等级森严,而诸侯与诸侯之间,基本上呈现势均力敌的势态。最强大的政权,无疑是周天子。

但最终,这种制度还是被打破了。位于周王朝北方的晋国,被三家卿大夫所瓜分,并被周天子册封为诸侯,此即历史上有名的"三家分晋",这标志着封建制度彻底遭到破坏。

与封建制度相辅相成的另外一种制度是"井田制"。西周建立后,被开垦的土地以道路沟渠分割成"井"字,因此得名。从井田中所得贡赋是周天子和诸侯的主要经济来源。在当时,土地并不紧张,在井田之外,是大片未开发的原野。

一定会有人心存疑问:"既然有那么多空闲的土地,为什么不把它们全都开发出来,用来发展经济呢?"这倒不是当时的统治者愚蠢或不积极,而

第十章 科技革命与新时代

是实在没有能力。当时的中国人，最常见的金属是青铜，打仗用的兵器是青铜器，耕作用的农具也是青铜锻造的。青铜质地柔软，虽然易于锻造，但也容易发生变形。为防止变形，通常由青铜打造的农具一般都不会很大，比如耜、铫和镰，其长度均在十厘米左右，而且相当宽厚。

当青铜被冷落后，中国农业发展史上也发生了一场"改革"，很多流传至今的新式农具成为了农业耕作的新宠。

逐渐取代青铜的是另外一种金属：铁。

铁器大量应用的最直接结果就是生产力的提高。在使用短小的青铜农具耕作时，大量的劳动力被捆绑在狭小的土地上，工作效率极低；而铁的质地十分坚硬，可以广泛应用，并且随着冶炼技术的提高，其成本也在降低，直到如今铁器也是人类应用最为广泛的金属。从春秋中期开始，人们开始用这种黑不溜秋的金属锻造体积更大的农具——大到什么地步？大到凭借单人的力量根本无法使用——巨大而锋利的铁犁出现了！而当时普遍饲养的牲畜牛，则成为这种新式农具的驱动力。

铁犁牛耕是一种简单而高效的耕作方式。在使用青铜农具时，人们通常使用"耜"之类的农具在地上刨坑而后撒种，不但工作进度慢，而且不能保证土壤的松软和活性，影响成活率；而铁犁牛耕只要两个人就可以完成，一人牵牛，一人扶犁，只要走得直，就可以畅快淋漓地在大地上土花飞溅，效率提高了数倍。

很多人口因此从沉重烦琐的劳动中解放出来，以前十个人才能完成的工作现在只要两个人即可。当然，诸侯和贵族们不会让自己领地内的庶民和隶农无所事事，当有闲人时，他们自然就会将目光放在"闲田"之上——那是井田之外的大片丛莽荒原。于是，中国农业迎来了一次大飞跃，大量的野地被开垦为良田。与井田不同的是，新田地没有阡陌纵横的"井"字标志，就是说它们算不得封君分封的土地，因此封臣不用缴纳贡赋，同时这种土地更为肥沃，产量更高，贵族们大赚了一笔。随着大片新的土地被不断开发，象征周天子王权的井田制开始坍塌瓦解。

铁器出现导致井田制崩溃，周天子失去了制约诸侯的利器，因此，以分封土地为基础的封建社会就失去了它的魅力，一大批新土地上的新贵族开始抛弃周天子和他那套延续了近八百年的封建制度，中央集权的到来就成为了必然。

毫无疑问，在当时的中国，像"三家分晋"这样的事件是层出不穷的。这是由一种经济制度转向另一种经济制度，一种社会形态转向另一种社会形态时必然产生的状况，而紧随其后的"田氏代齐"（齐国大夫田氏废掉原君主自立为诸侯）和三家分晋一样具有典型意义。这些事件都是铁器取代青铜器、新田取代井田、中央集权取代封建分权的历史的浓缩版。

最后一个例子，是蒸汽机。

严格地说，应该是"瓦特改良蒸汽机"。

最早影响现代文明进程的事件是一次关于科学和技术的革命，它有一个专门的称呼：科技革命。到目前为止，科技革命共发生了三次，其中，第一次科技革命的代表就是瓦特改良蒸汽机。18世纪60年代至19世纪中期，英国资产阶级通过海外贸易、贩卖奴隶和殖民掠夺积累了大量资本。而后，英国贵族的圈地运动造就了大批雇佣劳动力，而手工业的发展又为英国积累了一定的生产技术。因此，英国成为世界上最大的资本主义殖民国家，国外市场急剧扩大，但落后的生产设备和交通工具让英国的工业发展始终很缓慢。

英国有丰富的煤矿、铁矿资源，但大都分布在山地和丘陵地区，这就导致一些工厂只能分布在交通不便利的丘陵和山地，因此，解决与原料地之间的交通问题成为英国工业发展的一个关键。英国工业的先驱是纺织业，虽然"珍妮纺纱机"的出现带动了第一波英国的工业革命，提高了生产效率和棉纱质量，但当时英国生产的棉纱和中国、印度这些亚洲古国的棉纱比，还是存在很大差距的。首先是产量低，其次是质量差，在国际市场上缺乏竞争力。

然后，蒸汽机及时而适时地出现了。

第十章　科技革命与新时代

18世纪60年代，瓦特在纽克曼蒸汽泵的基础上成功改良了蒸汽机，改良后的蒸汽机体积小、省燃料、效率高。体积小的优点首先解放了蒸汽机本身，旧式蒸汽机只能在煤矿上服务，而改良后的蒸汽机可以成功运用在其他设备上，以至于蒸汽纺纱机、蒸汽轮船以及蒸汽机车的出现成为可能。

终于，蒸汽机和纺织机结合在一起，在当时，蒸汽机是无与伦比的动力系统，它能连续不断地为纺纱机提供动力，而且纺纱速度远远快过人力，生产力得到第一次大解放，从资金投入和数量上解决了棉纱的问题。其次，在此之前，英国纺纱的主要原料是棉花和亚麻，即便是效率已经非常高的珍妮纺纱机，因完全是靠双手操作，纺出来的棉纱也是粗细不均匀的，而且纤维与纤维之间的紧密性很差，其质量和中国等传统纺织大国根本就不在一个量级。然而，蒸汽纺纱机因其力道强劲且施力均匀而改进了英国在人力上所达不到的纺织技术，一下子就提高了他们的产品质量。

棉纺织业技术的进步，使得英国纺织品生产率大大提高，产品价格也大大下降，对欧洲大陆的棉纺织业形成了致命的冲击，中国出口到英国的棉纺织品从此也就失去了竞争力，英国取代中国成为世界纺织业的霸主。

与此同时，蒸汽机还与交通工具相结合，改善了世界的交通条件。将蒸汽机安装到船舶上，就成了蒸汽船；将蒸汽机安装到车子上，就成了蒸汽车。蒸汽船和蒸汽车的出现不但提高了运输货物的重量，而且加快了运输货物的速度，这就保证了生产效率提高后随之产生的货物运输问题的解决，而且蒸汽火车的诞生对当时的人们来说简直就是一次精神上的巨大冲击——史蒂芬孙第一次修建铁路时，人们无法想象他所修建的怪东西，人们不理解他，甚至攻击他，从后面用石头投掷他。但历史证明，所有怪异的一切，都极大地推动了世界历史的前进步伐。大英帝国的崛起与扩张，标志着西方世界的文明水平开始超过东方世界，全球开始进入西方现代文明时代，而为这一切提供动力源的，正是那个不起眼的蒸汽机。

人生四季
◎就业季◎

第三次科技革命

毫无疑问，如今的你我，正处在第三次科技革命的风口浪尖之上，如果再过一百年回顾这段历史，一定是波澜壮阔，恢宏到无以复加的！

在第一次科技革命中，出现了改良蒸汽机；而在第三次科技革命中，则出现了计算机和互联网。

事实上，第三次科技革命是从20世纪中叶就开始了，以原子能、空间技术、电子计算机以及生物工程的发明和应用为主要标志。这次革命涉及信息技术、新能源技术、生物技术、空间技术等诸多领域，它的出现，既是由于科学理论出现了重大的开创性的突破，以及一定的物质、技术基础的形成，也是由于社会发展的需要——全球的需要，更是因为第二次世界大战期间和之后，饱受战争创伤甚至是满目疮痍的世界各国对更高、更新的科学技术的迫切需要。

如今的时代，不是宗教的时代，不是道德的时代……而是科技的时代，"科技"主导了人们生活的方方面面，人们不再津津乐道于政治和军事革命，而是醉心于另外一场改变人类文明进程的革命——"科技的革命"，只不过你没有发现罢了！今天又有哪家公司发布了具有全新功能的个人电脑，某手机是不是又推出了新一代产品，是选择低价稳定的传统空调还是昂贵而新奇的新型空调……这些都是人们对科技的全新关注。而之所以关注，是因为它与每个人的生活息息相关，它细致而周详地影响并改变了你我的生活方式。

美国生态学家、未来学家斯图尔特·布兰德有一句非常有名的话："科技是今天唯一的新闻。每天翻开报纸和杂志，读到的不外是来来去去的'他说'和'她说'，政治、经济、时装……这些东西都在不停地反反复复，正所谓'太阳底下，没有新鲜事'……人的本性是没有多少改变的，唯有科学技术才是真的在改变！"

第十章 科技革命与新时代

身为在这个社会上生存的一分子,如果能弄清楚这一点,弄明白这个时代的特殊性,弄清楚你我正生活在一个充满瞬息变化的特殊的时代,那么对于一个人的生存和未来是至关重要的。

当然,就目前来看,第三次科技革命给我们影响最大的就是计算机和互联网。

那么,计算机和互联网是如何影响了我们的生活呢?

举例来说。当我写下这些文字时,我并非真的是用笔在纸上写,而是轻轻敲击键盘就能达到这个目的;而后,为了保证所写的东西不因意外而丢失,我可以将其上传至云端,这样一来,即便是发生了诸如硬盘损坏之类的意外,我也能轻松重新获得自己的文稿,而不是用传统的方式复印一份甚至誊抄一遍;然后,当我需要人物素材时,我可以在网上的论坛中发布消息,寻找合适人物作为我的采访对象,而不是在万千人海中以极低效率去苦苦找寻;当对一些知识没有足够的把握时,我还可以上网查阅相关资料,或者在某些旨在解决各种问题而设的网站上发帖求证、求助,而不是苦哈哈地在偌大的博物馆和资料馆中爬上爬下……这就是计算机和互联网带给我的超级便利,正因如此,我至少在信息渠道以及工作效率上就已经优于传统作家。

再举一个例子。依托互联网平台,很多在传统文学界并未留下任何印记的文学爱好者开始尝试在网络上敲击文字,这是最早的网络小说。随着网络的快速发展,这种文学形式也极度地发展起来,形成了一个数据宏大、让人叹为观止的写作门类。网络小说情节紧凑、节奏明快,有着大多数传统文学不具有的活泼性,它的出现极大地满足了生活节奏日渐加快的读者,甚至很多人就是因为看网络小说才成为"网民"的。网络小说的出现让纸质书籍市场遭到冲击,许多在出版界和图书市场非常知名的出版单位和大书店已经关门倒闭,而许多尚未倒闭的也已经不得不开始战略转型。网络小说还对传统文学进行冲击,传统不再神圣,既然科技可以创新,那么文学同样可以创新!在将来,《紫川》《盗墓笔记》这些优秀的网络文学作品,将和《封神演义》《水浒传》一样，获得它们应有的文学地位。

当然，在一个市场经济逐渐取代计划经济并占据主导地位的社会中，计算机和互联网对人们的影响，更多的是表现在商业形式的改变上。

我们可以回忆一下以前和现在买衣服的不同形式。比如我要买一件黑色、V领、XL码的毛衣，在以前，我要打车去商场，然后要面对的就是在上千件形形色色的衣物中慢慢寻找。当然，最快的方式也是找到男士服装区，然后向服务人员询问："有没有黑色V领的毛衣？"如果没有，那么我就要转战下一家商场。而现在呢，我只要在购物网站的搜索栏中输入"男士毛衣"，然后在检索栏中勾选"黑色""V领"和"XL码"，就会跳出几百万件符合要求的商品供我选择。与"众里寻她千百度"的慢慢寻找相比，"呼之即来"的网络式购买显然更符合大部分男士的心意。而这种交易方式的快速、便捷和高效是传统交易模式无法相比的。

这就是计算机和互联网带给现代社会的便利，至少在当下，我们正处在一个由计算机和互联网主导的时代。当然，计算机和互联网带给这个世界的影响，远非"方便阅读和购物"这么简单。

危机与机会并存

科技革命是冷酷无情的，因为它会淘汰一些落后、陈旧和无用的产业；但科技革命也是"普度众生"的，因为它会兴起另外一些产业并给一些人提供新的出路。在科技革命中一个常见的现象是：危机与机会并存。

第一次科技革命中，改良蒸汽机的出现提高了纺纱效率，陈旧的手工纺纱机被扔掉，随之被淘汰的，是那些依靠手工纺纱机生存的纺织工人，这是科技革命残酷无情的一面。但是，英国纺纱量的提高，势必要求交通运输的发展，于是，蒸汽轮船和蒸汽火车随之大量出现，这就又导致对铁的需求量的增加。于是，自然而然地就产生了更多的铁矿工人，并促使英国产生了世

第十章　科技革命与新时代

界上最早的铁路工人。

那么，我们正在经历的第三次科技革命，它所表现的"冷酷无情"和"普度众生"是什么呢？

我的一个亲戚，在我很小的时候她就在商场卖衣服，从事这个生意已经将近二十年，但2014年下半年，她却关门大吉改作他行了。问及原因，她说："赚不了钱，卖不下去，顾客越来越少。前几年经常会有回头客，现在那些回头客也不来了，越来越难干，很是不行了。大家都在网上买东西！"

这位亲戚只有初中学历，而且毕业后基本上一直都在社会上打拼，没有什么时间充电学习，甚至不会使用汉语拼音，现在用手机打字都是使用笔画输入法，收到她的信息总是看到千奇百怪的错字。我曾经帮她申请过一个QQ号，可是她从未用过，因为不会使用电脑，基本上不上网。与她具有同等文化水平的丈夫基本上和她一样，所以他们在服装店越来越不景气时曾尝试开网店，但终因二人都不会使用电脑而放弃。目前二人一个送快递，一个卖早点。

这就是我身边一个相当典型的事例。对于我这位亲戚来说，她从事服装生意多年积累下来的经验在互联网大潮冲来的时候并不能帮到她什么，因为没有行之有效的应对方案，她只能束手待毙，放弃了自己从事多年的职业，被迫改行。

但是，有一点她却心知肚明，即虽然她因为互联网而失去了服装店，但她的丈夫却因为网购而成为快递员——就像蒸汽纺纱机带动了铁矿工人和铁路工人的兴起，网购模式也掀起了一股快递员的大潮。

这就足以说明，在科技革命面前，一些新产业、新工种将会诞生、崛起、兴盛，一些旧产业、旧工种将会衰落并最终消失。没有任何事物是一成不变的，也没有任何事物是长久存在的，而科技革命加速了验证这种理论的步伐，计算机和互联网的更新速度远远超过之前任何一种"新事物"，在第三次科技革命中，可能很多昨天见到的东西今天就见不到了，很多今天还在用到的东西明天就被放进博物馆了。

人生四季
◎ 就业季 ◎

美国青年企业家委员会（YEC）曾公布过一份报告，这份报告预测，到 2020 年，将有 12 个行业可能不复存在，其中，位于前四名的分别是出租车、邮政、造纸、固定电话。

首先是城市出租车系统。打车软件发展势头迅猛，与出租车"针锋相对"的"专车"兴起。2015 年 1 月 8 日，中国交通运输部表示将直接使用"专车"一词，承认专车的积极意义，专车已经成为生活节奏日渐加快、经济水平日渐提高的中国人新的出行工具。此外，汽车自动驾驶技术也在不断提升，在不久的将来，城市出租车体系极有可能逐步瓦解，"出租车司机"很有可能会像以"骆驼祥子"为代表的黄包车夫一样，成为历史名词。

然后是邮政系统。由于人们大量使用电子邮件以及类似的网络通讯手段，现在的邮政系统基本上已经丧失了其原来的职能，基本上没有人再通过邮局邮寄信件；而且，随着快递业务对乡镇、农村地区的渗透，邮政的包裹邮寄系统也遭遇尴尬境地。

其次是造纸业。造纸术发明之前，中国古人的书籍主要是用竹简，一本十万字的书，要十几公斤重，无论是携带还是阅读都非常不便。后来，他们被洁白、轻便的纸张所取代；而数字化阅读的兴起，势必会对曾经是世界主流的纸质图书造成冲击。相比纸质图书，数字化图书容量更大，一个读书网站的图书量可以媲美一座图书馆，而一个小巧的阅读器或者手机就可以装下一个图书馆，无论是阅读还是携带，都异常方便。

最后是固定电话。伴随着智能手机的推广和普及，越来越多的人丢掉了固定电话，智能手机不但拥有电话的功能，而且人们基本上是把它当作便携电脑来使用，获得信息和数据的速度更加快速和便捷。

除此之外，随着电子移动支付方式的普及，"钱包"和"现金"可能会越来越少见，现金支付方式也可能会过时；正如 CD 机被 MP3 播放器取代一样，信用卡也可能终将消失，未来的人们可能会更多地使用移动设备进行支付；由于在网上浏览和下载电影更加便捷，现在很多视频网站已经开始跟电

第十章 科技革命与新时代

影院"抢生意",只需申请注册一个会员,就可以观看刚刚上线的国际大片,所以,电影院也很可能衰落并消失……

这份看起来有些"危言耸听"的预测报告其实并非凭空臆想,它是经过一系列推断才得出的结论。在全球化的今天,中国同样面临着这些问题,也必须做好接受这些问题的准备。而正处在节点上的大学毕业生,则要慎重地以未来趋势为核心考量,然后去选择、规划自己的行业,从而让自己获得更高质量的生活水平。

计算机只是一台机器,互联网只是一种技术,但它们又不仅仅是一台机器、一种技术,它们不会把世界变成理想国和乌托邦,不会改变这个世界的基本规则,不会改变人类社会的基因序列……但是,它能迫使产业结构进行调整,重构企业的供应链和消费渠道,降低生产和服务的成本,从而开创真正意义上的"全球市场"(不是西班牙、葡萄牙以及大英帝国那样的殖民体系)。

我们正在经历的科技革命,正在促使社会进行一场转型——就像春秋战国时期的转型一样对后世具有重大意义。每一次社会转型期,都会伴随着权力和财富的重新分配,可能会拉大贫富差距,也可能会使得一些富人倾家荡产,一些穷人获得陡然而富的机会……科技革命还促使人类的世界观发生变化,"以前就是这样做的"甚至"昨天就是这样做的"很可能成为你失败的原因。科技在革命,世界在改变,人类不得不改变也必须去改变。

但笔者观察后发现,现在社会上大量存在着这样一种人:或者出于好奇,或者出于无奈,这一类刚刚步入社会的85后和90后,选择了一种在中国颇为流行的生活方式。这类人自信心爆棚,无知,金钱至上,伴随他们的,却是工资入不敷出,不断跳槽(被辞退)以及各式各样的满腹牢骚。在物质生活上"既饿不死也撑不着",其手段也多半是"拆东墙补西墙",经常能在他们身上看到价值不菲的奢侈品,然而他们做到这些的工具主要是两张及以上的信用卡……这类人身上所呈现的共同文化性征也很明显:即便是顺利拿到了大学毕业证,他们也表现出极度的知识匮乏;直接或间接经历单一,所闻、所见、所思零星片面，不成体系；缺乏独立思考精神；缺乏能让他们找到工作并赖以为生的专业技能；沉溺于物质享受，喜欢以知名品牌发烧友进行自我标榜……

这类人最大的问题在于，他们身处科技革命的大时代，享受着科技创新带来的成果，但其思维依旧停滞在这场革命之前，他们对因科技革命而引发的社会结构的重新洗牌浑然不觉。科技日新月异，制度愈发健全，经济、商业、政治、文化，各个领域正在走全球化之路，其中一个重要表现是：人们对商品的选择心理已经成型，从以前的被动接受发展为今天的挑剔拣选。按照自由市场经济的竞争机制，生产者和消费者会越来越强调创新与质量，而企业与企业之间的竞争也会以策划案、创意广告的形式表现出来，一切与之无关的环节（朋党、宗亲、官商勾结等裙带关系）都会在节约成本的前提下自动瓦解，比如各种非法招标竞标。而这些参与其中的人，就是依存在这些环节上而又即将被取消的一个群体。

与已经获得稳定社会地位的60后、70后相比，处于人生转折点的80后、90后刚好也处于科技革命的时代节点，没有稳固社会地位甚至没有稳定收入的他们，必须，也只能牢牢抓住这个时代所馈赠的机遇。

这种机遇，既是磨难，也是恩赐。

2015年10月

本书图片除署名外，均为作者张小泱提供

署名图片与内容无关